독도야,
꽁트
夜!

지산 이한주의
꽁트콘서트

꿈과 희망

독도야,
꿈트
夜!

시상 이힘주의
꿈트콘서트

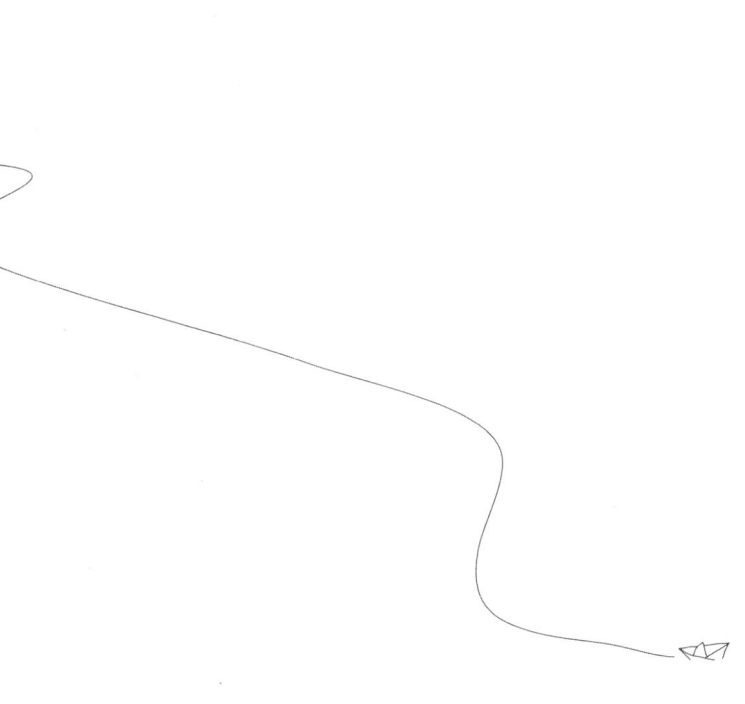

초판 1쇄 인쇄 _ 2010년 10월 11일 ㅣ 초판 1쇄 발행_ 2010년 10월 15일
지은이_이한주 ㅣ펴낸이_진성옥, 오광수 ㅣ 펴낸곳_꿈과희망 ㅣ 기획_고일영 ㅣ 편집_정영희
주소_서울특별시 용산구 원효로 1가 112-4 디아뜨센트럴 217호 ㅣ Tel_02 · 2681 · 2832 ㅣ Fax_02 · 943 · 0935
출판등록_제1-3077호 ㅣ http://www.dreamnhope.co.kr ㅣ E-mail_jinsungok@empal.com
ISBN_978-89-94648-01-9 ㅣ정가 9,000원 ㅣ ⓒ 이한주

독도는 우리땅

1. 울릉도 동남쪽 뱃길 따라 이백리 외로운 섬 하나 새들의 고향, 그 누가 아무리 자기네 땅이라고 우겨도 독도는 우리땅

2. 경상북도 울릉군 울릉읍 독도라 동경 백삼십이 북위 삼십칠 평균기온 십이도 강수량은 천삼백 독도는 우리땅

3. 오징어 꼴뚜기 대구 명태 거북이 연어알 물새알 해녀 대합실 십칠만 평방미터 우물 하나 분화구 독도는 우리땅

4. 지증왕 십삼년 섬나라 우산국 세종실록지리지 오십쪽의 셋째줄 화와이는 미국땅 대마도는 몰라도 독도는 우리땅 (※대마도가 누구 땅인지 우리 국민은 알지요)

5. 노일전쟁 직후에 임자없는 섬이라고 억지로 우기면 정말 곤란해 신라장군 이사부 지하에서 웃는다 독도는 우리땅

홀로아리랑

1. 저 멀리 동해 바다 외로운 섬
   오늘도 거센 바람 불어오겠지
   조그만 얼굴로 바람 맞으니
   독도야 간밤에 잘 잤느냐
2. 금강산 맑은 물은 동해로 흐르고
   설악산 맑은 물도 동해 가는데
   우리네 마음들은 어디로 가는가
   언제쯤 우리는 하나가 될까
3. 백두산 두만강에서 배타고 떠나라
   한라산 제주에서 배타고 간다
   가다가 홀로섬에 닻을 내리고
   떠오르는 아침 해를 맞이해보자

후렴)

아리랑 아리랑 홀로아리랑
아리랑 고개를 넘어가보자
가다가 힘들면 쉬어 가더라도
손잡고 가보자 같이 가보자

독도야 잘자라!

작가의 말

우리는 치열한 생존경쟁 시대에 살고 있습니다.
타인과의 불꽃 튀기는 경쟁 속에서 미소를 잃었습니다.
희망도 생각할 겨를이 없습니다.

저의 글들이 독자 여러분들께 행복을 드릴 수 있다면
좋겠습니다. 유머와 위트, 반전과 해학을 통해서 미소와
행복을 여러분들과 함께 나누었으면 하는 바람입니다.

이 가을 '대한민국 독도야, 꽁트 夜'를 두려운 손으로
여러분 앞에 내놓습니다.

이 책을 통해 독자 여러분들과 함께 꽁트의 진정한 맛
과 아울러 독도의 의미를 되새김으로써, 대한민국 국민
및 전 세계인들에게 독도가 우리땅임을 널리 알리고자
합니다.

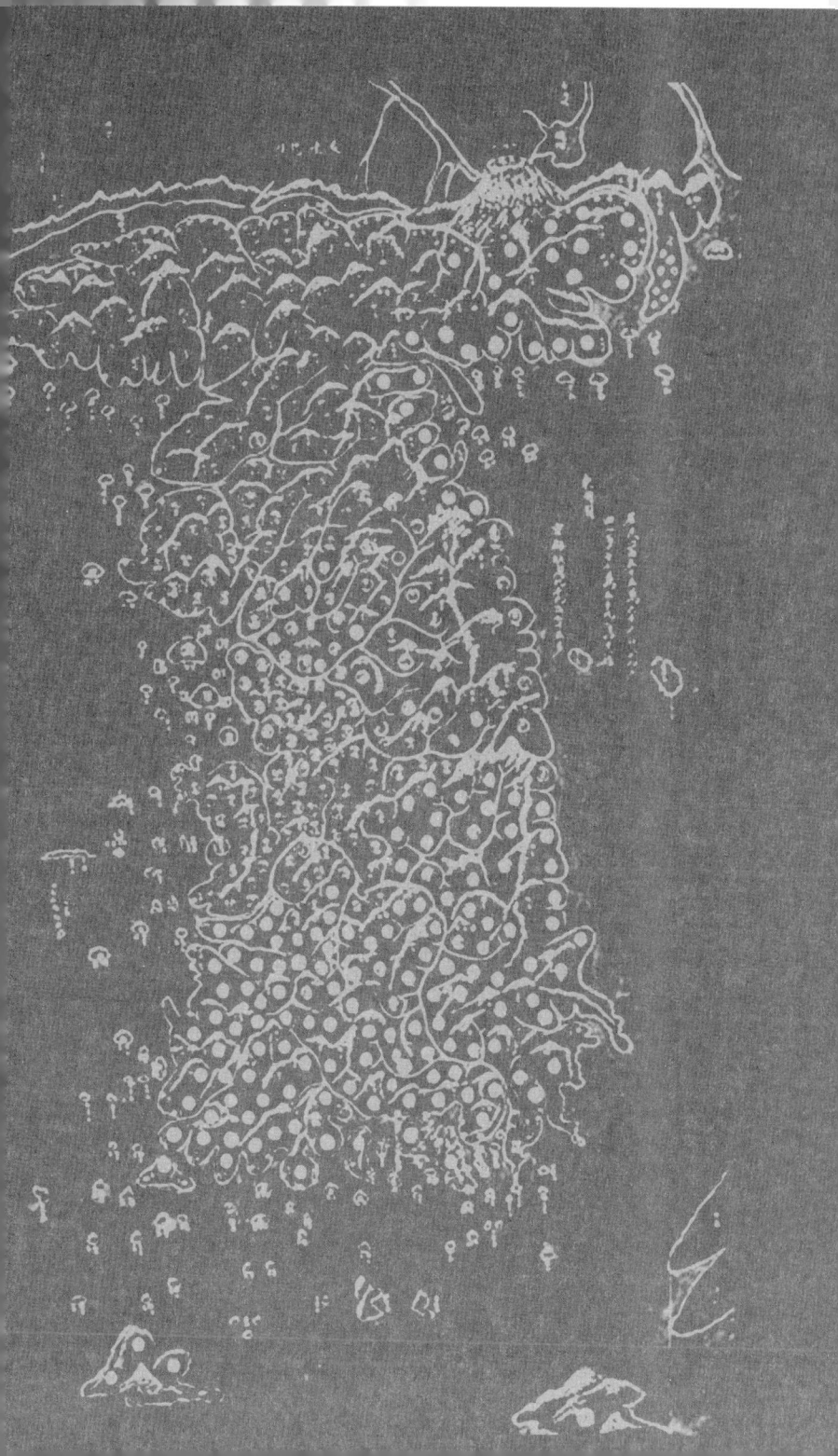

독도의 말

나는 반만년 역사 이래 대한민국과 희로애락을 함께
했으며 외세의 침탈에도 눈 하나 깜짝이지 않고 이 나라
국민들을 지켜왔다.

하지만 지금 현실은 너무나도 불행하구나.

나는 대한의 땅! 독도이건만 누가 나를 '다케시마' 라
하는가?

삼국시대에는 신라의 땅이었고, 고려 때는 고려의 땅,
조선시대에는 조선의 땅, 지금은 대한민국의 땅이 아니
던가.

나는 '다케시마' 가 아니란 말이다.

독도를 창씨개명하지 말란 말이다.

대한인들이여!

왜? 너희들은 독도가 대한민국 땅이라고 당당하게 외
치지 못하느냐?

백두산을 보아라. 지금 백두산은 장백산으로 불리고
있고, 비룡폭포는 장백폭포로,

세상을 호령하던 우리의 광활한 만주벌판은 누구의
땅이 되었더란 말이냐?

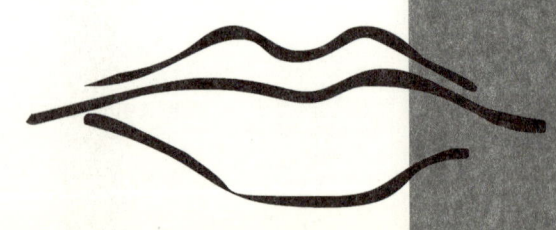

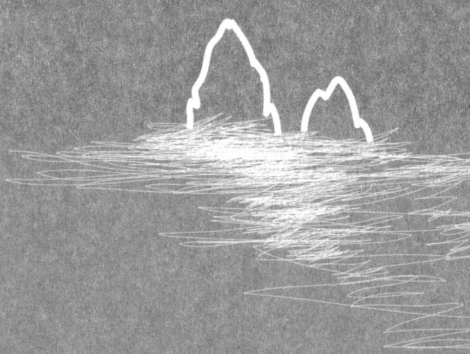

　나의 주제가^{主題歌} '독도는 우리 땅'에 보면 '대마도는 몰라도' 라는 말이 있는데,

　너희들이 진정 대마도가 누구네 땅인지 몰라서 그러는 것이냐?

　왜! 많은 사람들이 독도에 와서 거의 대부분이 기상악천후 등으로 인해 들어와 보지 못하고 멀리서만 바라보고 가는 줄 아느냐?

　나는 너희들의 우유부단함이 싫다.

　그래서 너희들이 내 몸에 발을 들여 놓는 것도 싫다. 나의 구석구석을 너희들에게 보여주기 싫기 때문이다.

　대한의 국민들이여!

　세계를 향해 한목소리도 우렁차게 외치자

　독도는 대한민국 땅이라고!

목차

13

누가 뭐래도
독도는 우리땅!

57
내 신발을 신어봐
Just put yourself in my shoes!

79

꽁트가 기막혀

누가 뭐래도

독도는 우리땅!

코리아,
영광의 그날(上)

1. 2016년 10월 대한민국 통일의 그날!

비핵화 선포, 20여 년 만의 성공.

대한민국에서는 핵과 화생방 등 불법전쟁의 비극을
막기 위한 비밀리에 프로젝트를 연구하여 전쟁광들의
침략의지를 꺾는 '랜드(Land) 제거막'을 완성하였다.
'랜드 제거막'이란 지구 표면에 전자칩을 설치하여
인류에 피해를 주거나 평화유지에 방해가 되는 나라

또는 지역을 컴퓨터로 클릭하여 제거하는 장치로 마우스로 그 부분을 선택하여 클릭하면, 지구상에서 감쪽같이 사라지게 됨은 물론 선제공격을 하더라도 그 무기가 발사한 지점으로 되돌아가 오히려 막대한 피해를 주게 하는 장치이다.

이로 인해 각국은 대한민국에 더 이상 대적할 수 없게 됨은 물론 무조건 복종을 선언하였고, 북한도 항복할 수밖에 없어 평화통일을 이루게 되었다.

남·북 수뇌부들은 회담을 통하여 통일을 선언했으며, 급작스런 통일의 후유증을 최소화 하기 위하여 다음과 같은 협약을 하였다.

대한민국의 국호는 '조선'으로 하고 조선의 정통성 계승 및 분쟁 시 원활한 화해를 위하여 조선 마지막 왕인 영친왕의 육촌 이웅수 씨를 황제로 추대하고 남·북한에 각기 한 명의 수상을 두기로 하였으며, 황제는 남북 화합 및 중앙정부 통치권의 수반이 되고 수상은 미국의 주지사와 같은 역할을 하게 하였다.

2. 너도 나도 대한민국 팬이라오!!

통일의 날 만찬회장에는 이웅수 황제 내외 및 각 나

라의 대통령·수상 들이 배석하였다.

황제 내외는 모든 사람들에게 건배 제의 하였고 각 나라의 대표들은 축하의 메시지를 전했다.

"폐하! 저희 미국은 조선시대 때 우리나라 이름을 짓기 위하여 세종대왕을 알현한 적이 있습니다. 그때는 한글창제가 마무리 되지 않은 때였습니다.

세종대왕께서 '아무러케나' 지어라 해서 지금의 '아메리카' 가 되었으며 나라 이름 덕에 이제까지 부귀영화를 누리게 되었던 것입니다. 나라 이름뿐인가요.

우리 연예인들도 명성을 얻었었죠. 우선 가수 중에서 성공한 케이스는 '두리서' 를 불러서 히트한 둘리스, 마이클 잘쓴(마이클 잭슨), 막돈나(마돈나) 등 무지무지 많죠."

독일 수상도 한마디 거들었다.

"그뿐인가요? 칼막써(칼막스), 휘둘러(히틀러) 등도 대표적인 인물들이죠."

뒤이어 캐나다 대표가 말을 하였다.

"미국의 이름이 너무 멋져 저희에게도 이름을 지어 달라고 세종대왕님을 찾아 뵈었죠!

그때는 한글 창제 후였습니다. 대왕께서 대단히 기뻐하시며 가나다순으로 하라고 해서 '카나다'가 되었습니다. 모두 대한민국의 덕이 아니겠습니까?"

인도 대표도 말했다.

"우리도 대한민국이 새마을 운동으로 인도해 줘서 발전하게 되었죠."

가나 대표까지 거들었다.

"우리도 한국 때문에 어딜 가나 인기죠."

뒤이어 중국 사신이 무릎을 꿇고 절을 하며

"완쑤이 완쑤이 완완쑤이! (만세 만세 만만세!)

저희는 역사 이래 대한민국과 가장 가까운 나라였습니다. 명목상으로 아버지의 나라, 형제의 나라라고 했습니다만 어찌 감히 대적했겠습니까?

이제 님들의 땅 만주와 북간도는 내어드릴게요. 더 이상은 곤란할 거 같아요. 사실 말이지만 중국의 대부분이 한국 땅이잖아요? 하지만 우리도 먹고 살아야 되지 않겠어요? 넓은 아량으로 부탁드릴게요.

우린 대한민국과 수준 차이 나서 '차이나' 라고 부르잖아요?"

구석에서 기가 죽어 있던 일본 수상이 말을 이었다.

"저희는 백제의 후손들이 세운 나라입니다. 그래서 저희 국보 대부분이 대한민국거 아닙니까? 명품의 짝퉁이죠. 헤헤헤!

그래서 우리나라 이름도 '자팬' 이 아닙니까? 한국의 짝퉁 팬이란 말이죠!

그리고 그동안 독도를 우리나라 땅이라고 우긴 거 정말 정말 죄송했스므니다.

사실 쓰시마 섬도 고려시대 이전부터 님의 땅인 걸요.

쓰시마를 먹어보니 맛있어서 다케시마를 보니 불현듯 맛있게 보여서(마시쓰, 마시께다) 그런 망언을…."

뒤이어 프랑스 대통령도 한마디 거들었다.

"조선시대 때 저희는 까불고 덤비다가 조선 군대와 싸워서 패배함으로 우리나라는 완전히 불났어요. 그래서 '불란서'가 되었던 거죠!'

이응수 황제 내외는 너무 기뻐 주위를 돌아보는데 영국 여왕이 얼굴을 빨갛게 붉히며 말했다.

"우리 잉글랜드는 앙그랬는데요!!'

각국의 찬사가 쏟아졌고 주위는 온통 부러움에 그동안 대한민국을 우습게 여겼던 나라들은 백배 사죄를 하였다. 그러던 차에 유엔 총사령관이 건배 제의를 하였다.

코리아가 통일된 것을 기리며 건배!

대한민국의 통일과 무궁한 발전을 위하여….

코리아 브라보!

코리아 깐빼이!

코리아,
영광의 그날 (下)

일본 수상이 긴급 제의를 하였다.

"폐하 아직 저희들은 랜드 제거막의 위력을 보지 못하였는데 간단히 시연을 하시면 어떻겠스므니까?"

응수 황제는 회심의 미소를 지으면서 대답하였다.

"다른 분들 생각은 어떠신지요?"

모두들 머뭇거리다가 대답했다.

"그렇게 하는 것이 좋겠사옵니다."
"그럼 어느 나라가 좋겠소. 미국이요?"

미국 대통령은 고개를 절레절레 저으면서

"No! 제발 저희 나라만은…. "
"그럼 프랑스는 어떻소?"

프랑스 대통령도 사색이 되어서 고개를 설레설레 흔들었다.

"그럼 어디가 좋을까요. 그대들이 말해 보시오?"

모두들 꿀 먹은 벙어리처럼 조용하였는데 한참 만에 가봉 대통령이 말을 이었다.

"폐하! 랜드 제거막 시연을 부탁한 일본은 어떻겠습니까?"

그제서야 모든 사람들의 얼굴에 화색이 돌면서 동의하였다.

일본 수상은 당황하더니 잠시 생각에 잠겼다.

'우리나라보다 후진국인 한국이 그런 엄청난 무기를 갖고 있겠어? 이번에 한국이 망신을 당하게 되면 우리 위상이 설 거야.'

일본 수상은 음흉한 미소를 짓더니,

"좋~스~므니다."

랜드 제거막이 작동하는 동안 모든 이들은 숨을 죽였고 일본 오사카를 표적으로 기기를 작동한 순간 오사카 시내가 통째로 없어지면서 바닷물로 채워졌다.

모두들 깜짝 놀랐지만 일본 수상만큼은 태연한 척하며 이야기 하였다.

"여기서 봐서는 진짜로 오사카가…."

말을 마치기도 전에 비상 전화벨 소리가 요란스럽게

울려댔다.

일본에서 온 긴급한 전화였다.

오사카가 없어지고 모든 사람들과 건물들이 순식간에 사라졌다는 소식이었다.

일본 수상을 비롯한 모든 사람들의 얼굴에는 놀라움과 두려움이 역력했다. 폐하는 근엄한 표정으로 일본 수상을 보며 말했다.

"네 이놈! 우리나라를 어찌 보고 의심했단 말이요? 너희들은 옛날부터 우리나라를 호시탐탐 노리고 국권도 강탈했을 뿐아니라 내 민족 내 백성들에게 많은 못된 짓들을 자행하였다.

임진왜란도 일으켰고 일제 36년 간 우리나라를 유린했으며 특히 우리나라 아녀자들을 위안부로 보내고 우리의 젊은이들을 강제 징용하여 전쟁터로… 탄광 등으로….

또한 우리나라 땅인 북간도도 너희 맘대로 청나라에게 내주었고 심지어는 독도도 너희들 나라 땅이라고 지금까지 우기고 교과서까지 날조하는 등 너희들은 씻을 수 없는 죄를 정당화시키려 하였다.

그뿐이냐?

그 외에도 많은 죄들을 짓고도 사죄는 커녕 손바닥으로 하늘을 가리고 있다."

일본 수상은 폐하 앞에 무릎을 꿇으며 사죄했다.

"폐하! 잘못했스므니다. 용서해 주십시오.
저희들이 그동안 너무나 못된 짓만 저질렀습니다.
이 사태를 어떻게 해결해야 하므니까? 통촉하여 주시옵소서."

폐하는 근엄한 표정으로 주위를 둘러보며 말했다.

"우리가 이것을 만든 깃은 다른 나라를 겁주려고 하는 것도 아니고 어떤 나라들처럼 호시탐탐 남의 나라를 침략하려는 의도가 아닙니다.
전쟁으로부터 세계의 평화를 지키려는 것뿐입니다.
이제부터 세계 평화는 우리가 지킬 것입니다.
앞으로 세계 평화를 위협하는 나라가 있다면 이처럼 응징할 것입니다."

폐하는 대신들에게 말하였다.

"여봐라! 랜드 제거막을 다시 작동시켜 복구토록 하
여라!"

그리하여 사라졌던 오사카가 수면 위로 떠 올랐다.
 그제서야 일본 수상은 참회의 눈물을 흘리며 넙죽넙
죽 절을 하였다.

"감사하므이다. 감사하므이다. 앞으로는 세계평화
를 위해 살겠스므이다."

모든 사람들이 감동의 박수를 외치며 만세를 불렀다.

"대한민국 만세!"

"황제폐하 만만세!"

"자! 우리의 세계평화를 위해서 다시 한번 건배합
시다."

"건배!"

독도 아리랑

독도는 대한민국 땅이라고 세계 각국에서 인정하였으나 일본에서는 그 야심을 꺾지 않고 있다.

그 이유는 무엇이며 그들의 속셈은 무엇인지?

2019년 8월 15일. 세계 각국에서는 독도가 대한민국 땅이라고 선포를 하였으나 일본은 포기하지 못하고 국무성에서 내각회의를 긴급히 열었다.

"곤니찌와, 와따시와 다나까 데스네!"

다나까 수상은 장관들에게 인사를 하고 회의를 진행

하였다.

　"세계 각국에서 다케시마가 한국 땅이라고 선언하였을 뿐아니라 일본해도 역시 동해로 바꾸었으므니다.
　이 난국을 어떻게 극복하겠스므니까?"

　모든 각료들은 비통한 표정으로 할 말을 잊고 꿀 먹은 표정으로 앉아 있었다.
　오랜 침묵 끝에 한 사람이 말을 꺼냈다.

　"이렇게 된 바에는 포기해야 되지 않을까요?"

　모든 이들은 수긍하였으나 수상만은 단호했다.

　"그럴 수는 없습니다.
　물론 독도는 한국 땅이 맞습니다.
　그러나 왜 우리가 그동안 말도 안 되는 억지를 부렸겠습니까?
　독도는 해양자원이 풍부할 뿐아니라 군사적 최고 요충지입니다.
　그러나 무엇보다도 더 중요한 것은 에너지 확보인

독도야, 굿모닝夜!

것입니다.

그곳에는 석유 따위와는 비교될 수 없을 만큼 엄청난 에너지의 보고가 독도 밑에 잠자고 있습니다.

앞으로 40년이 지나면 석유 에너지가 완전히 고갈 된다고 합니다.

효율도 좋고 양도 무진장 널려 있는 하이드레이트 ^{Hydrate} 가 거기에 있기 때문입니다.”

이 말을 듣고 있던 다나까 상이 말을 했다.

“그래도 그렇지요.

그것 때문에 남의 땅을 빼앗으려고 했단 말이요?

그게 이유라면 우리 일본은 도둑놈 아닌감요?”

그 말에 일본 수상은 펄쩍 뛰며 말을 하였다.

“빠가야로! 우리가 그것 때문에 그런 줄 아시오?”

“그럼??!!”

“참 한심들 하시오!

일본의 각료라는 사람들이 그 이유를 모른단 말이 요?”

일본 수상은 답답한 듯 주위를 바라보았다.

'하이드레이트'란 메탄이 주성분인 천연 가스가 고체화된 상태이며, 외관상으로는 얼음이나 드라이아이스와 비슷한 고체의 물질이지만 결정구조나 그의 물리적 특성이 특이해 최소한의 온도와 압력 등의 조건이 충족되면 지속적인 고체상태로 되었다가 그러한 조건이 파괴되면 본래의 물과 가스 상태로 되돌아가게 되는데 자칫 잘못 관리되어 폭발한다면 우리나라는 바다 속으로 가라앉는단 말이요.

그래서 독도만은 무조건 우리가 수호해야 된단 말이요."

2. 한편 우리나라에서도 국무회의가 열렸다.

"국무위원 여러분, 대통령입니다.
이제 세계 각국에서는 독도가 우리 땅이라고 인정하였으며 동해도 되찾게 되었습니다.
모든 것이 잘 되었습니다.
우리 모두 축하의 건배를 합시다."

대통령이 건배 제의를 하였고 모든 사람들이 즐거운

마음으로 축배를 들었다.

"우리나라와 독도를 위하여 건배!"

"건배!"
"하지만 아직도 일본에서는 독도에 대한 야욕을 버리지 못하고 있소.
이제부터 더 이상 독도가 자기 땅이라 우긴다면 절대로 묵과할 수가 없소!
대책을 세워야 하겠는데 어떻게 하면 좋겠소?"
"그럼 지금 당장 일본 대사를 불러 우리의 입장을 전하면 어떨까요?"

모든 사람들은 그게 좋겠다고 동의하였다.

3. 일본 대사가 비통한 표정으로 들어왔다.

"이보시오, 대사!
이제 독도는 우리나라 땅이며 일본해가 아닌 동해로 인정되었소. 당신은 어떻게 생각 하시요?"

일본 대사는 한동안 말문을 열지 못하더니,

"아무리 모든 사람들이 다케시마가 한국 땅이라 할지라도 우리 일본 땅이라는 주장은 변함이 없습니다."
"뭐요? 왜 그리 말귀를 못 알아듣습니까?"
"말귀를 못 알아듣는 게 아니고 무조건 다케시마는 우리 일본 땅이어야만 합니다.
귀국이 다케시마를 우리에게 넘기지 않는다면 전쟁도 불사하겠스므니다."

전쟁도 불사한다는 말에 대통령을 포함한 장관들이 분노를 하였다.

"뭐요? 전쟁도 불사하겠다구요?
당신! 단단히 미쳤구려?
만일 당신들이 전쟁을 원한다면 마음대로 하시오. 만약에 전쟁을 일으킨다면 당신의 나라는 금세 물속으로 가라앉게 될 거요."

일본 대사는 사색이 되면서 말을 이었다.

"당신들이 어떻게…?"

"잘 들으시오.

당신들이 계속 그렇게 나온다면 하이드레이트를 포기하겠소?"

"무슨 말씀?"

"하이드레이트를 폭파하겠단 말이요.

하이드레이트의 주성분은 고압, 저온의 상태가 깨지면 해리와 가시폭발, 지반 침하가 동반되는데 잘못 다루게 되면 그 여파는 당신의 나라를 침몰시키고도 남을 대재앙으로 이어질 거요."

이 말에 일본 대사는 벌벌 떨었다.

"잘못했스므니다.

저희도 그걸 우려해서 혹시라도 하이드레이트 관리를 잘못하면 우리나라가 잘못될 것 같아 그것 때문에…."

"지금 곧 일본 수상에게 전하시오.

계속 그렇게 나온다면, 그렇게 할 것이오.

그러한 불행한 사태가 발생치 않도록 하시오."

"하이! 하이!'

일본 대사는 쓰러질 듯한 걸음으로 돌아갔다.

이 사실은 일본에 전해졌으며 일본 수상이 대한민국으로 급히 날아와 백배 사죄했다.

다시는 독도가 일본 땅이 아니라고….

그리고 어떠한 일이든 복종하겠다고….

제발 하이드레이트만큼은….

댓글   신고 | 인쇄 | 스크랩(0) ▾

😊 **대원군**   2010.10.22. 11:11   답글
이건 뭐 꽁트가 재미와 함께 유익한 정보까지 주네.

😊 **사리마다**   2010.10.22. 11:11   답글
우리의 용서를 받아주소서

   ㄴ **李芝山**   2010.10.22. 11:11   답글
   진정입니까? 그동안 해온 꼴로 보아 무잔히 구린 냄새가….

😊 **난닝구**   2010.10.22. 11:11   답글
사리마다! 토끼자.

😊 **허학도**   2010.10.22. 11:11   답글
으이-크, 속 다 들여다 보인다.

                                  [등록]

                                    0 / 300자

✏ 글쓰기 | 답글   최신목록 | 목록 | ▲윗글 | ▼아랫글

제발
독도에서
살게 해줘요

때는 바야흐로 서기 2045년!

세계 각국 사람들이 예견한 대로 일본 열도는 해수면이 점점 높아져서 급기야는 물속에 잠기게 되었다.

일본의 고위층과 갑부들은 이미 외국으로 이민을 떠나고 가난한 사람들은 보트피플이 되어 광활해진 독도에 정박하였다.

한국 정부와 독도수호 대원들은 그들을 인도적인 차원에서 수용소에 수용하게 되었는데,

"강고꾸진 선생님들 제발 저희 좀 받아주세요.

한때 철없이 우리 조상들은 독도를 우리 땅이라는 망발을 했지만 그 옛날부터 한국 땅이 맞스므니다.

하지만 저희 나라의 못된 높은 놈들은 자기들만 살겠다고 우리들을 버리고 안전한 곳으로 도망가고 저희 들은 보다시피 죽지 못해 살고 있스므니다.

옛날 백제 시대로 거슬러 올라가면 같은 민족이잖스므니까?

저희들이 죽을 죄를 지었스므니다.

독도에서 살게 해주세요!'

한편 한국 정부에서는 긴급회의가 열렸다.

일본 난민을 어떡해야 할 건지 ….

회의 결과 인도적인 차원에서 그들을 수용하기로 하고 제3국으로 희망하는 자들은 제3국과 협의하여 보내기로 하였다.

"내가 만일 당국자라면 독도가 자기네 땅이라 우기고 다급해 지니까 꼬리를 내리는 그들을 인도적인 차원에서 머슴으로 부리는 것이…. "

'일본아! 나중에 후회 말고 제발 정신 좀 차려라.'

독도의 꿈 ⑴

나는 대한의 안용복이다

독도가 일본 땅이라는 일본 수상 및 여러 관료대신들의 망언이 TV에서 연일 보도되고 많은 국민들은 일본 영사관 앞에서 시위중이다.

'왜 그럴까? 누가 뭐래도 분명히 독도는 우리나라 땅인데!'

분을 삼키지 못한 나는 하루 종일 씩씩거리다가 늦은 밤에야 겨우 잠이 들었다.

그런데, 멀리에서 고깃배 소리와 낯선 목소리가 들려

벌떡 일어나 보니 일본인들이 울릉도와 독도에 들어와 마음대로 나무를 베어내가고 고기를 잡고 있었다.

'아니! 독도가 일본 땅이라 떠들더니 이제는 이곳까지 들어와서 불법행위를 일삼고 있다니!

나는 갑옷을 입고 어민 40여 명을 군인으로 위장하여 불법으로 고기를 잡고 있는 왜나라 어부들에게 호통을 쳤다.

"네 이놈들! 나는 울릉, 우산도의 감시장군이니라. 어찌하여 너희들은 허락도 없이 여기에 와서 고기를 잡고 있느냐?
내 너희들의 목을 쳐서 물고기 밥으로 만들어주겠다."

그들을 닥치는 대로 죽이자 살아 남은 어부들은 혼비백산하여 도망을 쳤다.
그들의 수장을 인질로 잡아서 일본으로 건너가 당당하게 그곳 관리들에게 호통을 쳤다.

"나는 울릉·우산도의 감시장군 안용복이다.

듣거라! 너희 왜인들이 우리 울릉도와 독도에 떼거지로 몰려 와서 영토를 침범하였기에 괘씸하기 짝이 없어 백기의 태수 이께다와 담판 지으러 왔느니라."

오끼대관 고도는

"그 땅은 조선 땅이 맞습니다. 그래서 금년 1월 28일부로 막부에서 죽도에 건너가는 것을 금지하고 있습니다. 그런데 무슨 말씀을 하시는지 영 이해가 되지 않습니다."

"그걸 알면서도 왜, 아직도 너희들이 그곳에 침범한단 말이냐?"

그들은 에도막부에 보고하였고, 우리 일행은 에도막부에서 소식이 올 때까지 동선사에서 숙박하였다.

보청봉행의 기다무라가 시중을 들고 다음날 도다, 마끼노, 오까사끼를 위시하여 도사, 무사가 호의하여 말 9필에 나눠 타고 돗도리성 아래의 동사무소로 향하는데 많은 사람들이 우리 일행이 지날 때마다 허리를 숙이고 우리는 어깨에 힘을 잔뜩 주고 헛기침을 해

됐다.

이 일을 계기로 일본 열도가 떠들썩하였다. 에도막부에서는 울릉도와 독도가 조선 땅이라는 말이 사실이고, 조선이 그들을 정벌한다면 떼죽음을 당할지 모른다는 생각에 할 수 없이 울릉도와 독도가 '조선 땅'임을 인정하는 문서를 내 주었다.

문서를 받은 나는 동래부사에게 이 사실을 조정에 보고했다.

그러나 조선에서는 독도가 한양과 멀리 떨어져 있고 관리가 잘 되지 않고 있어, 이 틈을 타서 왜인들이 울릉도에서 맘대로 고기를 잡는 것을 모른 척하였다.

나는 다시 16명의 어부를 데리고 울릉도에 들어가 일본 어부들을 만나 꾸짖어 쫓아냈으나, 그 이튿날에도 일본 어선이 불법조업을 하고 있었다.

그 어선들을 쫓아가다가 파도와 거센 바람을 만나 오끼나와까지 떠내려가 오끼나 도주에게 항의했으나 그는 호키슈 태수에게 보고하겠다고 말만하고 감감 무소식이었다.

화가 난 나는 얼마 후 직접 태수를 찾아가 항의하며 호통을 쳤다.

"난 조선의 안용복이요. 울릉도와 독도가 조선 땅이

라는 일본국에서 써준 문서가 내게 있소. 다시 또 울릉도와 독도에서 허락 없이 조업을 한다면 일벌백계할 것이요."

"네 이놈들! 이번이 마지막 경고니라. 네 이놈들…."
"얘야! 왜 그래! 어디 아프니? 빨리 일어나라."

어머니가 내 몸을 흔들어 깨웠다.

"엄마! 독도는 정말 우리나라 땅이었어."
"독도는 우리나라 땅이라고."
"우리가 꼭 지켜야 할 우리나라 땅이라고…."

그리고 두 팔을 벌려 소리쳤다.

"네 이놈들! 나는 대한의 안용복이니라!"

독도의 꿈 ②
독도 의용 수비대

"**독**도에 오신 관광객 여러분! 잠시 후면 독
도에 접안하게 될 것입니다.

오늘은 날씨가 좋아 여러분들을 독도에 모시게 된
것을 선장으로서 영광으로 생각합니다."

우리 일행은 독도에 입성하였다.

"야호! 이곳이 대한민국의 위대한 독도구나."

나도 모르게 환호성을 외쳤다.

독도에 오려고 수차례 시도하였으나 내가 이곳에 올 때마다 높은 파도와 악천후로 멀리서만 바라보다 돌아서야만 했는데 오늘 드디어 오게 된 것이다.

반만년 역사 동안 수없이 외세에 수탈을 당한 독도는 마음의 상처로 인해 사람의 접근을 허용하지 않았을 것이다.

독도에 도착했다는 기쁜 마음에 나는 정신없이 올라가다가 앗! 그만 발을 헛디뎌서 바위에 부딪혀 의식을 잃었다.

"여보시오? 이봐요, 정신 차리시오!"

사람들이 나를 흔들어 깨우는 바람에 정신을 차리고 눈을 떠보니 군복을 입은 사람들이 걱정스러운 듯 나를 내려다보고 있었다.

"감사합니다. 그런데 당신들은 누구세요?"
"우리는 독도 의용수비대입니다.
이분은 홍순칠 대장이시고 전 황영문 부관입니다. 그런데 어떻게 이곳에….."
"전 이곳에 관광을 온 이지산이라고 합니다."

내가 이곳에 여행을 왔다고 하자 그들은 도대체 무슨 말을 하는 건지 모르겠다는 듯 어리둥절하였다.

그런데 잠시 후 급한 목소리가 들렸다.

"대장님! 일본 순시선 3척이 이곳으로 오고 있습니다."

"마침내 왜놈들이 왔구나. 그들이 우리의 성스러운 이 땅에 한 발짝도 딛지 못하도록 하라. 그런데 이 분은 어떻게 하지?"

"걱정 마십시오. 이래뵈도 전 독도특별시 명예시민이고 대한민국 육군 병장 출신입니다. 함께 싸우겠습니다."

민간인은 위험하다는 그들의 말에도 나는 아랑곳하지 않고 함께 싸우겠노라고 이야기하였다.

'나도 대한민국 사람이니 독도를 지켜야 하지 않겠노라고….'

허학도 통신사는 본국에 이 사실을 타전하기 위해 급한 나머지 군화 끈도 매지 않고 절벽 위에 있는 통신소 암벽을 급히 올라갔다.

우리들은 죽음을 각오하고 독도를 수호하겠다는 일념으로 박격포의 덮개를 풀어 빠른 속도로 접근하는 일본 순시선에 포구를 맞추었고, 중기관총에도 탄약을 장전하였다.

그들은 독도에 30m까지 접근하여 닻을 내리려고 준비하였다.

"공격하라!"

홍대장의 박격포가 불을 뿜자 뒤이어 우리들은 중기관총을 쏘아댔다.

순시선에 박격포가 명중하는 순간 3명의 일본군이 쓰러졌고 우리는 저격포 20발, 탄약 2천발을 연속 쏘아댔다.

우리들의 완벽한 승리였다.

하지만 군화 끈을 매지 않고 통신소로 올라가던 허 통신사는 발을 헛디뎌서 그만 추락하여 사망하였다. 그들은 허 통신사의 시체를 인양하였다.

"허 통신사!"

"허학도 통신사님!"
"허학도!"

"여보시오? 정신 차리시오."

사람들이 나를 흔들어 깨우는 바람에 정신을 차리고 눈을 떠보니 여행을 함께 왔던 많은 사람들이 걱정스러운 모습으로 나를 보고 있었다.

'그래, 독도는 대한민국의 땅이야.
만약에 누가 독도를 넘본다면
나도 그들처럼 목숨을 다해 독도를 지킬 거야.'

"독도 만세, 우리의 독도여! 영원하라!"

독도는
누구 땅인가

이지산 : 지금부터 한국과 일본의 명사들을 모시고 '독
도는 누구 땅인가'에 대한 토론을 시작하겠습니다.
먼저 독도를 '다케시마'라 우기는 분들의 이야기
부터 들어보겠습니다.

다케시마 측 : 하이! 다케시마의 기원은 우선 '죽도도해
유래기발시공'에서 찾아볼 수 있습니다.
1618년 오오따니 싱기치가 배로 애찌꼬에서 돌
아오는 길에 풍랑을 만나 울릉도에 눈독을 들어
인백의 태수 신따로에게 글을 올려 갠와 4년 울릉

도 도해 면허를 받았으며 오오따니, 무라까와 양
가의 도해선은 78년 동안 이 섬에서 전복을 따고
목재를 벌채하고 산삼 등의 약초를 채집하던 중
1692년 조선조에서 울릉도가 조선의 영토라고 해
서 1696년 1월 28일 울릉도를 포기하였지만 독도
는 조선 땅이라는 언급이 없어 1905년 나까이에
의해 정식으로 시네마현 오끼군 고계촌 죽도로 편
입하였스므니다.

그러니 다케시마야말로 일본의 땅이 아니겠스
므니까?

독도 측 : 에이! 도둑놈들 같으니라구!

독도가 조선의 땅인데 어찌 일본의 허락을 받았
단 말입니까?

그건 '도해 면허' 란 말로 수탈을 했다는 증거가
아니겠습니까?

조선의 '대왕실록' 에 보면 일본에서 말하는 죽
도는 우산도 또는 심봉도, 가지도이지 죽도가 아니
란 말입니다.

다케시마 측 : '죽도사고' 와 시마네현 '죽도의 신연구'

를 보면 그곳에서는 우산도와 삼봉도도 울릉도의 별칭이라 하였으므니다.

독도 측 : 이 독도가 울릉도의 속도屬島라고 하는 것은 말이 안 됩니다.

울릉도에는 그 속도屬島라고 할 수 있는 죽서 (또는 죽도)가 있고 이 섬이 죽도라고 불리고 있으나 울릉도에서 4해리 앞바다에 있고 주위는 2킬로미터로 최고 105미터의 작은 섬이지 독도가 아닌 것입니다.

다케시마 측 : 흠흠!!

여기 다케시마가 일본 땅이라는 증거 자료가 있으므니다.

'조선국죽도도해 유래발서공'과 '조선국죽도도해시말기' 이므니다.

독도 측 : 껄껄껄!

이보시오, 그 책은 저술한 연대도 내용도 의문이 많은 막부 지도층이 훈령하는 복사된 책이 아니오?

1897년에 우연히 무인도를 발견한 오끼 어민들

이 난파된 조선 어선을 수색하던 중에 우연히 발견하고 밀렵을 일삼던 독도를 일본어민에게는 요괴의 섬, 환상의 섬에 지나지 않았단 말이오.

당신들이 일본의 영토로 지배했다면 공식 기록이 있어야 할 터인데 기록이 전무하다는 걸 어떻게 설명할 것이요?

다케시마 측 : 흠흠!!

독도 측 : 다들 꿀 먹은 벙어리가 되었소? 어찌 말씀이 없으시오?

독도가 '다케시마'가 아니라는 증인을 불러볼까요?

이지산 : 그럼 증인들을 소개해 주시기 바랍니다.

독도 측 : 우선 독도의 지리상의 재발견을 쓰신 파리 7대학의 이진명 교수께서 독도가 우리 영토라는 지도 4개를 공개하겠습니다.

일본의 요시다도오고 씨입니다.

이 분의 '일한고사단' 서문을 보시면 독도가 어

느 나라 땅인지 잘 알 수 있습니다.

　다음 분은 1972년 월간 이코노미스트(마이니찌 신문사) 주간을 역임하셨던 분이요.

11월호에 보면 일본의 영토가 아니라고 했소.

　또한 마쯔우라 씨, 다께시로 씨, 쓰다 씨, 그리고 그대들의 영웅인 도요또미 히데요시, 후루카와 그리고 다나까, 와라바시, 야마모또, 무라까마 등 수많은 증인들이 있습니다.

　또한 독도가 한국 땅이라는 증거자료는 이지산 작가의 『독도와 꽁트사랑』(http://cafe.daum.net /lovepen)에 많이 올려져 있지요.

　그럼, 증인들을 개별적으로 불러서 독도가 한국 땅인지 일본 땅인지 알아볼까요? 아니면 일괄적으로 물어볼까요?

다케시마 측 : (독도의 증인들이 대부분이 일본사람들이었기 때문에 그들에게 유리할 거라 생각해서) 뭐 개별적으로 물어 볼 것까지야….

이지산 : 그럼 시간 관계상 모두에게 일괄적으로 묻겠습니다.

독도는 어느 나라 땅이요?

증인 모두 : 억울하지만 대한민국 땅이 맞습니다.

독도 측 : 다케시마 측! 또 우길래?

다케시마 측 : 괜히 했어, 괜히 했어. 토론회 괜히 했어!

이지산 : 포로롱!

다케시마 측 : 독도는 한국 땅!
다시는 다케시마라고 부르지 않겠습니다. 스미마
셍, 스미마셍

독도 측 : 그렇습니다. 독도가 일본 땅이라는 증거는
전혀 없습니다. 심지어 1929년에 작성된 시마네
현 지도에도 독도가 일본 땅으로 표기되어 있지 않
습니다.
그럼 다 같이 만세 삼창을 하시겠습니다.

모두 : 독도는 한국 땅.
독도는 한국 땅.
독도는 한국 땅.

다케시마 측 : 그런데 질문이 있습니다.

이진명 교수, 요시다도오고 씨, 월간 이코노미스트(마이니찌 신문사) 주간, 마쯔우라 씨, 다께시로 씨, 쓰다 씨, 도요또미 히데요시, 후루카와 등은 알겠는데. 다나까, 와라바시, 야마모또, 무라까마 씨는 누구?

독도 측 : 그 분들은 독도가 우리나라 땅인 것을 잘아는 일본의 국민들이지요.

모두 : ㅋㅋㅋ

이지산 : 그럼 이제 독도는 한국땅으로 선언되었습니다. 이것으로 독도 대 토론회를 마치겠습니다.

대한이네와
일우네

대한이네는 아버지의 직장일로 도심으로 이사를 가고 독도 마을에는 할아버지 혼자 살고 계셨다.

집 옆에는 텃밭이 있었는데, 할아버지는 늙어 힘이 없어 텃밭을 가꾸지 못하셨다.

그런데 옆 마을에 살던 일우네 증조할아버지가 텃밭에 임자가 없는줄 알고 허락도 없이 밭을 사용했다.

세월이 흘러 일우네가 땅을 무단점유 사용하고 있는 사실을 안 대한이네 아버지는 강력하게 항의하셨다.

"일우 할아버지! 독도리에 있는 이 땅은 우리 땅입니다."

하지만 일우 할아버지는 안하무인이었다.

"여보게, 내가 임자 없는 이 땅에다 깨 시마심 참깨, 들깨 다 심었네. 그러니까 내 땅이야"

라고 우겼다.
화가 난 대한이 아버지는 아들들과 함께 일우네 가족을 쫓아버렸다.

그런데, 일우네 가속들은 날마다 교대로 대한이네 집으로 와서 자기 땅이라고 우기고, 동네방네 다니며 '대한이네 땅이 자기네 땅인데 대한이네가 무력으로 빼앗았다' 고 우기고 또 우기고….

그런데 더욱 이상한 것은 몇몇의 이웃사람들은 일우네 독도리 땅을 대한이네가 빼앗았다고 믿고 있다는 사실이다.

'과연 이 땅은 누구의 땅일까?'

삼척동자도 다 알고 있는 해답을 왜?

日 愚네는 그 해답을 알면서도 우기고, 우기고, 또 우기고….

<table>
<tr><td>댓글</td><td></td><td>신고 | 인쇄 | 스크랩(0) ▼</td></tr>
</table>

◉ 팔척임어 2010.10.22. 11:11		답글
한국민 모두가 잘 알아요.		
◉ 쓰지마 2010.10.22. 11:11		답글
뭘 안다고 하는지 모르겠군.		
ㄴ◉ 李芝山 2010.10.22. 11:11		답글
일본 사람은 당신을 '쓰시마' 라고 하는데, 원래 누구 땅인줄 아십니까?		
◉ 쓰지마 2010.10.22. 11:11		답글
원, 별소리를 다 듣겠구만.		
◉ 어금니꽉물어 2010.10.22. 11:11		답글
님아, 자꾸 입 놀리지 마셈.		

	등록
	0 / 300자

✎ 글쓰기 답글   최신목록 | 목록 ◦윗글 | ◦이랫글

내 신발을 신어봐

Just put yourself in my shoes!

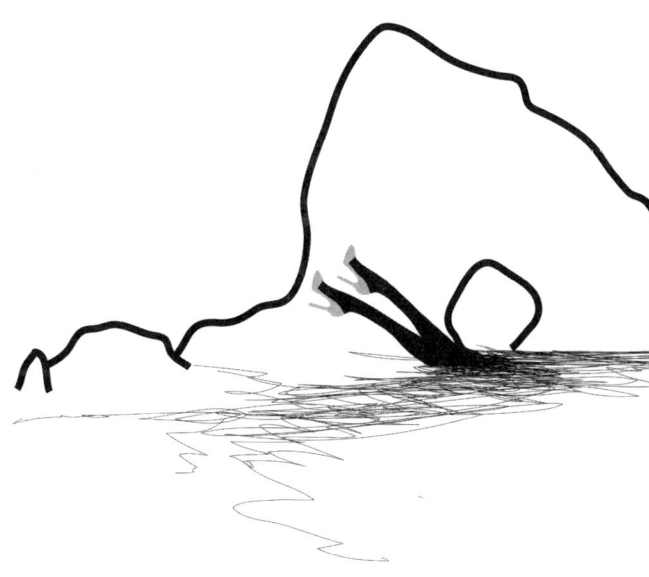

헛물켠 사내 (1)
- 딸딸한 청춘-

칙칙폭폭, 칙칙폭폭, 칙칙폭폭 칙칙폭폭….

송탄역을 떠난 부산행 완행 열차가 기적을 울리며 달리고 열차 안에서는 여행객들이 삼삼오오 짝을 지어 재잘거리고 있었다.

친구와 나는 자리를 잡고 가운데에 가방을 올려놓고 오징어를 씹으며 맥주를 들이키고 있었지.

"여기 자리 있나요?"

못생긴 아저씨가 우리에게 물었어.

"예! 여기 자리 임자 있어요."

사실은 자리가 남는데….

한 잔 두 잔 맥주를 마시다 무심코 앞을 보니 제시카 알바(아니! 줄리아 로버츠? 손예진?)가 걸어오고 있었어.

쿵 쿵 쾅 쾅!

내 가슴은 사정없이 뛰었고 친구 얼굴에도 불그스레한 기운이 감돌았지.

어느덧 그 아가씨는 내 앞에 다가와 있었어.

우리는 누가 먼저라 할 것도 없이 동시에

"여기 자리 있어요, 앉으세요."

그리고는 그녀의 가방을 뺏듯이 하며 그녀를 자리에 앉히고 곁눈질로 힐끔힐끔 바라보았지.

'대략 스무 서너 살쯤 되었을까?'

오똑한 콧날에 쌍꺼풀이 진한 눈, 약간 처진 듯 하나 볼륨 있는 가슴, 적당히 볼록한 똥배, 늘씬한 몸매.

'에라 모르겠다. 말이나 한번 붙여 보자.'

그러나 너무 떨려 입이 떨어지지 않았어.
가까스로 미리 사 둔 김밥을 그녀에게 건네주며,

"아가씨 김밥 드세요?"

그녀는 싫다 좋다 대꾸도 없이 김밥을 받아들었어. 기차가 천안쯤 달려갈 때 아가씨의 가벼운 코 고는 소리와 함께 내 어깨에 그녀의 예쁜 얼굴이 다가오고 있었어. 이때 내 마음은 이상하게 좋았어, 아니! 가슴이 뿌듯해짐을 느꼈어.
　살며시 친구를 바라보니 친구는 나를 부러운 듯이 쳐다보고, 친구 옆에 서 있는 한 남자는 무엇을 잘못 먹었는지 똥 씹은 얼굴로 나를 째려보고 있었어.
　대전역에서 기차가 정차하는 순간 덜컹거리는 소리와 함께 아가씨가 화들짝 놀라며 잠을 깼었지.
　입가에 흐르는 침을 닦으며 내 어깨를 보더니 미안해

서 어쩔 줄 모르는 눈치였어. 그러나 나는 이 아가씨가
좀 더 내 어깨에 기대어 잤으면 하는 아쉬움이 남았지.

"심심풀이 오징어, 땅콩, 아이스크림 있습니다."

홍익회 아저씨의 구수한 목소리가 내 귀를 때렸어.

"아저씨! 아이스크림 두 개만 주세요?"

은쟁반에 옥구슬 굴러가는 아가씨의 목소리가 흘러
나오는 순간 '미안해서 아이스크림을 내게 사주려나
보다' 하는 생각에,

"아저씨 얼마예요?"

하며 돈을 꺼내 주었지.
아가씨는 고맙다는 듯이 내게 미소를 짓더니 친구
옆에 서 있던 똥 씹은 얼굴의 사내에게 아이스크림을
건네며,

"여보! 아이스크림 하나 드세요?"

헛물켠 사내 ②
-공주의 경험-

나는 모처럼 만에 남편과 함께 부산행 열차를 탔어. 기차 안에는 많은 사람들이 타고 있었는데 못생긴 녀석이 내 미모에 반했는지 빈 자리가 있다고 앉으라는 거야.

하늘도 내 미모에 반했는지 나를 도와주었어.

짐짓 못 이기는 척 자리에 앉았는데 두 녀석이 나를 힐끗거리는 거야.

나의 오똑한 콧날, 진한 쌍커풀, 약간 처졌지만 볼륨 있는 가슴, 늘씬한 몸매, 아니! 나의 볼록한 똥배까지…. (아이 창피해.)

하지만 그 녀석들은 나를 보더니 완전히 뿅갔어!

그 녀석들은 내게 할 말이 있는 듯 하였으나 말을 하지 못하고 얼굴만 빨갛게 상기되어 숨만 헐떡거리는 거야. 한 녀석이 내게 김밥을 주는 거야.

'김밥을 먹고 똥배를 살찌우라는 건가…?!'

몹시 시장했지만 체면이 있지. 거기서 꾸역꾸역 먹을 수가 있어야지.

그래서 그냥 받아두었어.

신혼이라 무리해서 그런지 갑자기 잠이 쏟아지는 거야.

'에라 모르겠다!'

지성이고 품위고 뭐고 생각할 겨를도 없이 그냥 곯아 떨어졌어.

대전역에서 기차가 덜컹거리는 바람에 눈을 떠보니,

아뿔사!

내가 옆에 앉아 있는 녀석의 어깨에 기대어 침을 흘리며 잤던 거야.

정말 미안했지만 쑥스러워서 미안하다는 말을 못했는데, 그 녀석은 화를 내긴 커녕 좋아서 어쩔 줄 모르더군….

'떨떨한 청춘!

목이 말라 아이스크림을 사는데, 그 촌놈이 내 대신 돈을 내는 거야.

아마도 그는 내가 아가씨인 줄 알고 어떻게 해 보려고 그랬던 거지.

다시 말하면 헛물을 켠 거지 뭐!

'이쁜 것도 죄인가!'

왜 남자들은 나만 보면 환장하는 거지.

'참 피곤해 죽겠어.'

하지만 오늘 여행은 참 즐거웠어.

어쨌거나 여자는 자고로 나처럼 이쁘고 볼 일이야.

헛물켠 사내 ③
-아이고 돌아버리겠네!-

오늘 집에 제사가 있어 집사람과 함께 부산행 열차를 탔어.

그런데 유부녀 주제에 아가씨처럼 미니스커트를 입고 멋을 한껏 부렸던 거야.

내심 미심쩍었지만 할 수 있어. 그냥 모른 체하고 기차를 탔지.

그런데 내 예상이 맞았어.

세상에 이 망할 여편네가 어떤 놈팡이들과 미리 기차에서 만나기로 약속했는지 제비같이 생긴 한 녀석이 그녀의 자리까지 미리 맡아 놓고 있었던 거야.

만나자마자 그녀의 가방을 받아들고 가운데 자리에 앉히더니 미리 준비해 둔 김밥을 그녀에게 주는 거야.

하늘 같은 남편이 눈앞에서 시퍼렇게 눈을 뜨고 있는데….

평소에도 잘 생긴 남자들만 보면 헤프게 웃는 등 품행이 방정하지 못했지만 감히 신랑이 옆에 있는데도 겁도 없이….

생각 같아서는 두 년놈들의 목을 비틀고 싶었지만 어떻게 하는지 꼬락서니라도 계속 보기 위해 꾹 참았지.

그런데 더욱 가관이었던 것은 이 여편네가 그 놈팡이 어깨에 기대어 침까지 흘리면서 자는 거야.

눈이 튀어나와 더 이상 보고만 있을 수가 없었어.

그러나 나는 이성을 찾고 더 지켜보기로 했어.

그런데 말이야 그 녀석은 대수롭지 않은 듯 나를 힐끔 쳐다보더니 콧방귀를 뀌는 거야.

'내 저것들을 그냥….'

하지만 정확한 물증을 잡기 위해 한 번 더 참았어.

대전역에서 기차가 덜컹거리자 그녀가 벌떡 일어나더니 그 녀석을 보고 썩은 미소를 짓더니 아이스크림을 사 먹으려고 홍익회 아저씨를 불렀어. 그리고 그 녀석이 아이스크림 값을 내는 거야.

그녀는 그 놈팡이를 다정히 바라보더니 다시 내 눈치를 살핀 후 화난 표정을 보고 놀란 듯 아이스크림을 내게 주는 거야.

에이! 망할 년놈들 ….

나 원 세상에! (1)
-개 같은 경우가 -

나는 피곤한 하루 일과를 끝내고 천근 만근이나 되는 몸을 이끌고 일거리까지 어깨에 둘러멘 체 붐비는 시내 버스에 몸을 실었다.

우연인지 다행인지, 아니면 하늘이 불쌍히 여기셨는지 빈자리가 떡 하나 남아 있었다.

'아! 하늘이 나를 도와주는 구냐'

하고는 재빨리 달려가 자리에 앉아서 눈꺼플을 내리깔고 고개를 끄덕거리고 가고 있는데 갑자기 청천벽

력 같은 고함소리가 들려오는 것이었다.

"야! 이놈아
할머니가 서 있는데 자리를 양보할 생각도 않고 뭉개고 앉아 있어?
고얀 놈 같으니라고!"

깜짝 놀라 눈을 고개를 들어보니 칠순이 약간 넘었을까? 머리가 하얗게 바랜 할머니 한 분이 내가 앉아 있는 좌석 앞에서 눈을 부릅뜨고 호통을 치고 있었다.
그런데 그곳에 있는 사람들은 못 들었는지 아니면 듣고도 통 못들은 척을 하는 건지 아무도 선뜻 일어나 자리를 내주는 사람이 없었다.

'나도 못들은 척 해야 하는 건가?'

한참을 망설이다가 더 이상 자리에 뭉개고 앉아 있기에는 너무 민망하여 자리를 박차고 일어났다.
그런 나를 빤히 쳐다보던 할머니는 자리에 앉으시더니
'그래, 더 좀 버티고 있지' 하는 듯한 곱지 않은 눈

길을 주고는 고맙다는 인사도 없이 자리에 털석 주저 앉는 것이 아닌가!

괜한 식은땀은 등줄기를 타고 흘렀고 무거운 가방으로 어깨는 늘어질 대로 늘어져 차가 출렁이는 대로 흔들 거렸지만 아무도 가방을 들어 주려는 눈치조차 보이지 않았고, 오히려 미련 맞게 자리를 양보한 멍청이라는 듯 한 비아냥거림이 역력했다.

그들은 마치 나에게 '자리를 억지로 양보 받고도 고맙다는 소리조차도 안하는 저런 할머니에게 바보같이 왜 자리를 양보했느냐?' 는 눈길로 묻고 있었다.

또한 '우리들은 이미 비양심적인 할머니임을 눈치 챘는데 제 몸도 가누지 못하는 주제에 자리를 양보하고도 욕까지 먹는 너는 정말 한심한 놈이야' 라는 조롱까지 곁들여 보이는 것 같았다.

그리고 그들은

'이 멍청아 생각해 봐라 자리를 양보하였으면 가방이라도 받아주어야 하는데 그렇지도 않잖아!

그러니까 다음부터는 절대로 자리를 양보할 생각 하지 마!

이 바보 같은 자식아'

하며 비시시 웃어 보이기까지 했다.

나 원 세상에!

자리를 양보하지 않은 이들이여!
자리를 양보 받고도 고마움을 모르는 이여!
무거운 가방을 메고 비틀거리는 바보
가방조차 외면하고 받아주지도 않는 이들이여,
아! 한심하고도 한심한 이들이여….
당신들은 정령 동방예의지국^{東方禮義之國} 후손들인감?

이런 개 같은 경우가….!

깨 갱 갱 !!!

나 원 세상에! (2)
-그건 오해야-

나는 오늘 딸년네 집에 가서 김장을 해주고 피곤한 몸으로 버스에 올라탔어.

평소에는 건강한 몸이라 버스에 타면 서서 가곤 했지. 그런데 오늘은 영….

앞을 바라보니 너도 나도 할 것 없이 눈을 내리깔고 자는 척을 하는 거야.

그런데 내 앞에 손주녀석이 떡하니 앉아 있는 거야. 그놈도 날 보더니 못 본 척하고 눈을 감고 있는 거야.

나는 너무나 황당해서 나도 모르게 소리쳤지.

"야! 이놈아! 할머니가 서 있는데 자리를 양보할 생
각도 않고 뭉개고 앉아 있어? 고얀 놈 같으니라고!"

하지만 끝내 손주 녀석은 모른 척하고 있고 그 옆에
앉아 있던 비실비실한 놈이 자리를 양보해 주더군.
난 너무 미안했어.
손주 놈도 모른 체하는데 다 쓰러져 갈 것 같은 녀석
이 자리를 양보해 주니….
생각 같아서는 사양하고 싶었지만 난 너무 힘들어서
자리에 앉았지.
'쪽팔림은 순간이지만 평안함은 영원하다'란 말도
있잖아!
가방이라도 받아주고 싶었지만 가방이 너무 무거워
들어 줄 수 없었기 때문에 눈물을 머금고 참았지.
잠시 후 주위를 바라보니 손주 놈은 날 보고 생글거
리고 있고 졸고 있던 사람들 모두가 눈을 뜨고 있는 거
야. 태풍을 피한 사람들처럼….
나쁜 놈들!
저 훌륭한 젊은이의 가방을 받아 주지 못할망정 늙은
이에게 자리를 양보했다고 야유까지 하는 것 같았어.

노약자에게 자리를 양보하지 않은 이들이여!
자리를 양보하는 사람을 비웃는 자들이여!
이런 개나발 같은 경우가…!

노상술 2010.10.22. 11:11   답글
대~한민국 지금 어디로 가는거냐, 커-이~

살코기 2010.10.22. 11:11   답글
노상술님 아직도 술 덜 깨신 것 같군요. 아니, 한국민 모두 요즘 미쳐사는것 같아요.

   ㄴ **李芃山** 2010.10.22. 11:11   답글
   눈물난다. ㅠㅠ

계보린 2010.10.22. 11:11   답글
다들 미쳐가는 대~한민국, 꽤꽤꽤~꽥꽥

쓰메끼리 2010.10.22. 11:11   답글
우덜은 원래부터 약간 미쳤스므니당.

워따뚱싸 2010.10.22. 11:11   답글
님들! 화장실이 어디이나요.

다꾸앙 한입 2010.10.22. 11:11   답글
엉미!?!

	등록

              0 / 300자

✎ 글쓰기 답글   최신목록 목록 ▴댓글 ▾이전글

이거야정말 (1)
- 여우와 참새 -

1. 따르릉 따르릉

꼭 두새벽에 전화벨소리가 내 귀를 때리는 거야. 눈을 반쯤 뜬 채로 전화를 받아보니 명철이였어.

'지가 무슨 뚜쟁이라고…'

친구를 중매 섰는데 그 친구가 갑자기 증발했다는 거야.

친구에게는 연락할 방법이 없고 생각다 못해 내게 전화를 한 거라 하면서 나보고 대타로 나가라는 거야.

하필이면 유부남인 나에게 그런 부탁을 하느냐고 물어보니

"야 임마! 너처럼 능글맞은 놈도 흔치 않아 부탁하는 거야.

나 좀 살려주는 셈치고 나가서 적당히 시간을 때우다가… 제발!"

하도 간절히 부탁을 하기에 인정 많기로 소문난 내가 눈 한번 딱 감고 도와주기로 했어. 그런데 묘한 기분이 드는 거야.

집사람에게는 친구 결혼식에 간다고 적당히 얼버무리고 이발소에 다녀와서 양복에 넥타이를 매고 부산을 떨고 있는데 집사람이 내 얼굴을 유심히 쳐다보더니 자기도 오늘 동창회가 있어 조금 늦는다며 결혼식이 끝나는 대로 집에 와서 있으라는 거야.

그러면서 계속 내 눈치를 살피는 거야.

죄 지은 사람처럼 집사람의 얼굴을 제대로 보지 못하고 있는데, 가는 길까지 같이 가자는 아내의 말에 내

심 당황했지만 다른 데 들른다고 하면서 달아나듯 반대 방향으로 뛰었어.

2

약속시간에 맞추어 카페로 나가 사방을 바라보니 가슴에 붉은 장미꽃을 단 훤칠한 키에 쪽 빠진 아가씨가 다방 구석에 앉아 있는 거야.

내 가슴은 방망이질을 치고 얼굴은 후끈 달아오르는 거야.

잠시 넋을 잃은 듯이 서 있다가 성큼 다가서서

"저어, 박설희 씹니까?"
"그럼, 김종대 씨?"

서로를 확인하고 자리에 앉았는데 아가씨가 너무 이쁜 거야.

'아! 세상에 이렇게 예쁜 아가씨가 내 앞에 있단 말인가?'

잠시 황홀경에 빠져 있다가 문득 멋을 낼 줄 모르는 아내의 화장기 없는 얼굴이 뇌리에 스쳤어.

3

지금으로부터 5년 전. 그녀를 만난 것은 대학축제 때였어. 심심풀이로 친구와 같이 컴퓨터 궁합을 봤는데 나와 잘 맞는 사람이 '경영학과 3학년 김혜수' 라고 쓰여 있었어. 호기심이 발동한 나는 사방팔방 수소문하여 그녀를 만났는데 내 마음에 꼭 드는 거야!

그 후로 나는 컴퓨터 핑계 대며 하늘이 점지해 주신 찰떡 궁합이라고 꼬여 기어코 결혼까지 할 수 있었어.

그때가 좋았는데….

4

"저어 무슨 생각을 골똘히 하세요?"
"아, 예! 아무 것도 아닙니다."

입가에 미소를 흘리며 이 얘기 저 얘기하면서 시간이 가는 줄도 몰랐어. 사실 적당히 시간을 때우다가 딱지를 놔야 하는데 말이야. 그런데 시간이 흐르면 흐를수록 대타라는 사실을 까맣게 잊어 버렸어.

　그녀와 따끈한 대화가 무르익어 갈 즈음에 주위에서 수군대는 소리가 나서 무심코 옆 좌석을 바라보니,

　'앗뿔사!

　옆 좌석에는 집사람 동창 7명이 슬금슬금 나를 쳐다보며 수다를 떨고 있고, 집사람은 화가 난 얼굴로 나를 째려보며 한숨만 씩씩 쉬고 있었던 거야.

　'아이쿠 이거 큰일 났네! 한 여우는 잘 구슬리면 되겠지만 일곱 참새의 입은 어떻게 막는 담...??!!'

　앗!

　그런데 잘생긴 8명의 사내들이 그녀들에게 인사를 한 후 앞좌석에 앉았고 집사람 얼굴은 홍당무가….

이거야정말 (2)

- 여우의 한숨 -

1

꼭 두새벽에 전화를 받은 신랑이 갑자기 오늘 친구의 결혼식이 있다는 거야.

그 사람 친구들은 모두 장가를 간 걸로 알고 있는데…?!

그런데 더욱 이상한 것은 생전 멋을 부릴 줄 모르던 그이가 이발소를 다녀오더니 양복에 넥타이를 매고 향수까지 뿌리며 구두까지 번지르르하게 닦고 나가는 거야.

나도 나갈 일이 있어 같이 나가자고 했더니 죄 지은 사람처럼 막 뛰어 가더라구.

사실 난 오늘 부킹이 있는 날이야. 오랜만에 동창들과 함께 볼링을 하기로 약속했어.

'우리끼리만 가냐? 여자들끼리 무슨 재미로 ….'

명숙이가 볼링을 잘 치는 킹카들을 데려오기로 했지.

2

집안 청소를 대충 끝내고 약속 장소인 카페로 들어갔는데 동창들은 다 왔고 킹카들은 아직 오지 않았어. 그런데 옆 좌석에서는 청춘남녀의 다정한 목소리가 들렸어. 선보는 자리 같았어.

'자식들 얼마나 좋을까?'

하는 생각을 하다가 남자의 목소리가 너무 귀에 익어 옆 좌석을 힐끔 바라보니 세상에!

'그이가! 그이가…!'

그이는 나를 보더니 내심 당황했어.

세상에 자기 부인이 시퍼렇게 눈을 뜨고 있는데 총
각 행세를 하다니. 나는 무지 열 받았지만 한편으로는
킹카들이 아직까지 오지 않아 다행이라 생각했어. 그
들이 먼저 와 있었다면..??!!.

"아이! 끔찍해!!!!"

앗!

그때 부킹남들이….

천국에서 지옥까지 ⑴

- 남 대리^{代理} -

1

"**남** 대리! 출근이 왜 이리 늦는 거야?' 누군
땅 팔아서 장사하는 줄 알야"

고 과장이 붉으락푸르락한 얼굴로 남 대리를 나무
란다.

'사실 늦은 것도 아닌데!
출근시간은 왜 만들어 놓은 거야?

출근 시간도 아직 안 되었는데 ….'

남 대리는 혼잣말로 중얼거린다.

"당신! 뭐라고 중얼거리는 거야?"
"아닙니다. 죄송합니다."

생각 같아서는 따지고 싶지만 따졌다가는 더 시끄러
워질 것 같기도 하고, 목구멍이 포도청이니 참고 있을
수밖에 ….
　자리에 앉아 일을 하려고 하는데 고과장이 째려보며
말하였다.

"남 대리! 아직 내 말 안 끝났는데 당신 맘대로 들어
가는 거야 싸가지하고는 ….
　잠깐 이리 와 봐요."

고 과장은 못마땅한 듯 퉁명스럽게 남 대리를 불렀다.

"어제 삼풍산업 계약 건은 어떻게 된 거야? 당신 때
문에 계약 성사가 안 됐다며?"

"사실은 단가도 높고 시장성도 없고 우리 회사에는 도움이 안 돼 ….."

"뭐야, 당신! 당신이 사장이야?"

고 과장은 언성을 높이며 말을 하였다.

"죄송합니다."
남 대리는 얼굴이 빨갛게 물들었다.

"내일 사장님께서 외국출장 다녀오시니까, 오늘 중으로 시말서 작성해 놔?"

남 대리는 너무 억울하였지만 어쩔 수가 없었다.
회사를 위해서 집사람한테 구박 받으면서도 밤낮 없이 봉사했건만 고 과장은 사사건건 트집을 잡고 못 잡아먹어서 안달이다.
삼풍산업 계약 건만 해도 단가가 턱없이 높을 뿐더러 부도위기에 있는 회사라 계약을 체결하지 않은 것인데 ….
온종일 고 과장에게 시달린 남 대리는 집으로 돌아가 고단한 잠을 청하였다.

2

　남 대리는 어제 혼난 일도 있고 사장님이 해외출장 다녀오시는 날이라 아침 일찍 출근하였다.

　싱숭생숭한 마음으로 서류를 정리하다가 피곤해서 깜빡 잠이 들었다. 얼마나 시간이 흘렀을까?

　"남 대리! 뭐하는 거야?"

　호통소리에 화들짝 놀라 깨어보니 고 과장이 잡아먹을 듯이 노려보고 있었다.

　"지금 사장님 호출이야."

　남 대리는 가슴을 조이며 사장실로 가려는데 고 과장이 불러세우며,

　"남 대리! 당신 말이야, 일을 어떻게 처리하는 거야? 그 일 하나도 해결 못하고 ….
　어쨌든 나하고 같이 가봐야 하겠지만 자넨 해고야?"

고 과장은 고소한 듯 비아냥거렸다.

사장실에 도착한 남 대리와 고 과장은 고개를 들지 못하고 사장 앞에 섰다.

"고 과장님! 어떻게 된 거요?"

고 과장은 의기양양하여 대답했다.

"사실은 삼풍산업 계약 건을 남 대리에게 맡기면서 무슨 일이 있어도 계약하라고 했는데 단가가 안 맞고 회사사정도 어려운 상태라 계약을 안 한다고 고집을 피워서 그만 결렬되었습니다."
"그러니까 일을 똑바로 처리해야 할 것 아니오"
"죄송합니다. 사장님! 제가 다른 사람에게 맡겼어야 했는데!"
"이봐요, 고 과장! 당신과 남 대리는 이 시간 이후부터 해고야."

남 대리는 너무나도 억울했다.
자기는 그동안 불철주야^{不撤 晝夜} 회사를 위해서 열심히 일했는데 결과가 해고라니….

남 대리는 사장의 말에 따를 수 없었다.

"사장님! 너무 하십니다.

삼풍산업과 계약을 안 한 것은 잘한 일이라 생각합니다.

제가 열심히 일한 대가가 이런 거란 말입니까?

사장님! 너무 하십니다, 사장님!"

3

"남 대리! 지금 몇 시인데 자고 있는 거야?"

깜작 놀라 일어나 보니 꿈이었다.

"쯧쯧, 지금 잠이 오나?"

고 과장은 못마땅한 듯 바라보더니,

"지금 사장님께서 호출하셨으니까 빨리 들어가게. 그리고 말이야 단단히 각오해 당신!"

남 대리와 고 과장은 사장실로 들어갔다.

"고 과장! 어떻게 된 거요."

고 과장은 의기양양하게 말했다.

"사실은 삼풍산업 계약 건을 남 대리에게 맡기면서 무슨 일이 있어도 계약하라고 했는데 단가도 안 맞고 회사사정이 어려운 상태라 계약을 안 한다고 고집을 피워서 그만 결렬되었습니다."
"그러니까 일을 똑바로 처리해야 할 것 아니오."
"죄송합니다. 사장님! 제가 다른 사람에게 맡겼어야 되는데…?"
"이봐요, 고 과장!"

고 과장을 부르는 소리에 남 대리는 '내 꿈대로 되는 거 아냐' 하는 예감이 들었다.

"당신은 매사를 아랫직원에게 책임을 전가시키오? 당신이 문제란 말이요?"
"예!?"

고 과장은 자다가 벼락 맞은 사람처럼 서 있었다.

"남 대리!"
"예, 사장님!"
"수고 많았소. 남 대리 아니었으면 큰일 날 뻔 했소."

사장은 미소를 지며 말하였다.
사실은 삼풍산업이 여러 회사와 계약하고 부도 처리
를 했다는 것이었다.

"남 대리 덕에 우리 회사가 살았소. 너무 고맙소."
"고 과장! 남 대리처럼 소신을 가지고 능동적으로
일 해야지. 상사 눈치만 보고 월급만 축내는 당신은
오늘부로 해고요!
과장이란 사람이 대리보다도 못하다니…."

고 과장은 이제야 깨달은 듯 무릎을 꿇더니 용서해
달라고 애걸복걸이였고, 남 대리는 뿌듯한 마음으로
중얼거렸다.

'휴! 지옥에서 천당까지 왔다갔다 했네!'

천국에서 지옥까지⑵
- 고 과장科長 -

우리 사무실에 남 대리라는 직원이 있어.

나! 고 과장은 그가 너무 싫었어.

나보다 훨씬 똑똑해서 일도 너무 잘하고. 하지만 지시를 하면 말을 안 듣고 제멋대로 하는 거야.

나는 매일 깨지는데 그 인간은 칭찬만 듣고 이러다가는 내가 밀릴 것 같은 중압감에 그놈들 들들 볶아치기로 했어.

그런데 하루는 사장님이 부도 위기에 있는 삼풍산업을 인수하라는 거야. 하도 골이 아픈 건이라 골탕도

먹일 겸 남 대리에게 일을 맡겼어. 어떻게 해결하는가
궁금하기도 했고⋯.

그런데 사장님 지시와는 반대로 단가가 높고 시장성
이 없어 회사에 도움이 안 된다는 이유로 계약을 체결
하지 않았지 뭐야.

'요놈, 잘 걸렸다. 사장님한테 혼쭐 좀 나봐라'

그가 사장님 말씀을 거역한 죄로 회사를 그만 둘 걸
생각하니 너무 고소했어.

사장님이 해외 출장에서 돌아오는 날만 손꼽아 기다
렸어.

오늘이 바로 사장님이 오시는 날이야.

아침에 출근해 보니, 매사에 잘난 체하고 기고만장
하던 남 대리도 잘릴까 두려웠던지 일찍 출근해서 고
민 고민하더니 지쳐 잠을 자고 있는 거야.

'그러니까 이놈아, 사무실에서는 윗사람이 시키는
대로 해야지 혼자 잘난 척하더니 정말 쌤통이다.'

'고 과장님! 제발 살려주세요.

제가 잘못했어요.

다음부터 잘 할 게요.'

울고불고할 모습을 상상하니 마음은 벌써 날아갈 것
같았어.

'만약에 남 대리가 나한테 매달린다면 끝까지 도와
주지 않고 사표를 내게끔 할 거야.'

그가 없는 세상!
너무 행복할 거야.
이 사건으로 인해 모든 직원들도 내 말을 고분고분
잘 듣겠지.
만약 남 대리처럼 혼자 잘난 체하는 놈이 있다면 다
잘라 버릴 거야.

아이쿠! 빨리 사장님한테 빨리 가야겠다.

"남 대리, 따라 와!"
"사장님, 잘 다녀오셨습니까?"
"고 과장! 어떻게 된 거요?"

나는 의기양양해서 말했지.

"사실은 삼풍산업 계약 건을 남 대리에게 맡기면서
무슨 일이 있어도 계약하라고 지시했는데 단가도 안
맞고 회사사정이 어려운 상태라 계약을 안 하겠다고
고집을 피워서 결국 결렬되었습니다."
"그러니까 일을 똑바로 처리하란 말이오."
'아니! 이게 아닌데!'

나는 자다가 벼락 맞은 느낌이었어.
더 황당한 일은 사장님의 말을 안 들은 남 대리를 호
통쳐야 하는데 나보고 나가라니….

"으이고, 난 망했네!"

꽁트가

기막혀

옆집
아줌마

1. 그녀와의 첫 만남

오늘에야 비로소 빠듯한 봉급 생활로 이 집 저 집 수없이 이사 다니던 집 없는 설움을 떨쳐 버리고 18평의 아담한 아파트로 이사를 왔어.

아파트 입구에 도착하여 짐을 꾸리기 위해 차에서 내린 순간 내 앞에는 눈이 부시게 아름다운 여인이 호기심 어린 눈빛으로 나를 바라보는 것을 보았어.

그녀와 눈빛이 마주친 순간 나의 눈에는 형용할 수 없는 수줍음을 느끼게 했으며 빨개진 얼굴에 나의 가

습은 한없이 방망이질을 쳤어.

이삿짐을 내리고 짐 정리를 한 후 잠시 쉬고 있는데 생각지도 못한 일이 벌어졌어.

"띵동 띵동!"
"안녕하세요? 저는 옆집에 살아요. 저희 아파트로 이사 오신 것을 환영합니다."

'아니! 아까 그 아줌마…!'

서글서글한 인상에 쭉빠진 몸매! 아줌마가 아니라 미스코리아였어. 아내는 그녀의 몸매에 질투심이 생겼는지 뾰로통한 인상이었으나 금세 안면을 바꿔,

"아 그러세요, 앞으로 잘 좀 부탁 드립니다."

그녀와의 만남은 이렇게 시작되었어.

'아니! 세상에 잘되었네!'

나의 입가에는 나도 모르게 미소가 흘러나왔어.

그녀가 다녀간 후 오랫동안 내 가슴은 콩콩 뛰었고 아내에게 죄를 지은 것 같아 아내의 두 눈을 제대로 볼 수가 없었어.

'쭉쭉빵빵!!, 날씬날씬!!'

아름다운 그녀!

'그녀와 사는 옆집의 사내는 얼마나 행복할까? 어떻게 해야 그녀의 마음을 사로잡을 수 있을까?'

그런 생각에 밤새 잠 못 이루고 뒤척이다가 새벽녘에 잠시 잠이 들었는데,

어머! 세상에…!

꿈속에서 하얀 레이스가 달린 핑크빛 잠옷을 입은 옆집 아줌마가 내게 살며시 미소를 지으며 다가왔어.

헉! 잠시동안 숨이 멈추어졌지.

자다가 떡이 생긴다고 하더니!

이게 웬 떡인이냐. 영어로 말하자면 '이즈디스 레프트 케이크'라 했던가?

그윽한 눈빛으로 그녀를 향해 다정한 미소를 지으며

그녀를 살포시 안았어.

　　그녀의 가녀린 허리가 내 손으로 쏘옥 들어오자 나는 황홀경에 빠졌지.

　　그녀의 입술과 나의 입술이 합쳐지고 두 몸이 하나가 되려고 하는 순간

　　"이러시면 안 돼요. 우린 아직 이르잖아요? 그만 가 봐야겠어요."

　　그녀는 상기 어린 얼굴로 나를 향해 미소를 짓더니 휙 돌아섰어.

　　"잠깐! 가지 마세요. 제발…!"
　　"여보! 왜 그러세요?"

　　집사람이 황급히 나를 깨우더니 도끼눈을 뜨고 노려보면서,

　　"누구예요?
　　꿈속에서 누구를 만났길래 가지 말라고?"

그녀는 다짜고짜 몰아세웠지.

'어떡하지? 뭐라고 변명할까? 어디까지 들었을까?'

한참 잔머리를 굴리는데 뾰족한 생각이 떠오르지 않았어.

"뭐하는 시츄에이션이야, 시방…. "

순간 번뜩 스치는 것이 있었지.

"사실은 우리 연애시절에 내가 자기에게 술을 진탕 먹여 우리 집까지 끌고 왔었잖아. 그때 자기는 고주망태가 되어서 비몽사몽간이었는데 그때 내가 무드를 실컷 잡고 어떻게 해보려다가 몇 시간을 끌었는데 결정적인 순간에 당신이…."

"그때 내가 뭐라고 말했지?"

집사람 얼굴이 빨갛게 상기되면서

"아니! 안 되는데 제발 가지 말아요. 제발."

"바로 그거야, 당신이 알고 싶어하는 그 사람이 바로 당신이랑깨"

'휴우!' ~~~

2. 한여름밤의 꿈!

이리 뒤척 저리 뒤척 잠을 이루지 못하고 뜬눈으로 밤을 세우고 사무실에 출근하려고 현관 문을 나서는 순간

"아이구 죽겠네!"

'세상에 그녀가…! 그녀가…!'

이 깊게 파인 각선미가 드러나는 긴 치마 차림으로 출근하는 남편을 배웅하고 있었어.

순간 나의 얼굴은 빨개졌고 다리가 후들후들….

그녀와 시선을 마주친 순간 그녀를 못 본 듯이 외면하였고 그녀는 황급히 집으로 들어가 버렸어.

'오! 신이시여!'

하필이면 왜 그녀의 집이 우리 집 옆입니까?

두서너 칸만 더 떨어졌어도 그녀의 멋진 모습을 더 오랫동안 지켜볼 수 있었을 텐데….

쿵쾅거리는 가슴을 쓸어내리고 출근한 나는 오전 내내 가슴이 뛰었어.

쭉쭉빵빵 나의 천사! 각선미가 드러난 긴 치마…!!

황홀경이었어. 퇴근 후 집에 와 보니 예상치 못했던 일이 벌어졌지. 그녀가 집에 와 있던 것이야!

나를 본 그녀는 빠알갛게 상기된 얼굴로 미소를 지으며,

"조금 있다가 우리 신랑 오면 같이 노래방에 가실래요?"

은쟁반에 옥 굴러가는 그 목소리. 아니 천사의 음성이 내 귀를 울렸어. 화장실에 가서 때 빼고 광 내고 있는 찰나, 전화벨이 요란하게 울렸어.

"여보세요?"

"예! 안녕하세요?"

그녀의 남편이었어.

일 때문에 바빠서 늦게 온다나.

먼저 노래방에 가 있으라는 전화였지.

'야, 임마! 너는 안 와도 돼! 너무 걱정하지 마!'

쫓아오는 괴한을 따돌린 듯 안도의 한숨을 쉬었어. 잠시 후 숙이, 영이, 경숙이 엄마가 몰려왔고 못 이기는 척 일어서려는데 아내는 못 간다고 버텼어.

한참동안 실랑이 끝에 아줌마들에 의해 나홀로 노래방으로 납치 당했지.

- 여기는 어디?

- 여기는 노래방

- 앗! 내가 놀래는 이유는?

- 남자가 나 하나 뿐이라 민망해서! 꽃 속에 잡초라고 했나?

아니지, 꽃 속에 있는 귀여운 꿀벌, 꿀벌의 구성지고 멋진 노래로 노래방의 역사는 시작되었지.

"별 빛을 살라먹고(오빠!), 달빛을 살라먹고 오오-

그 향기 그 힘으로 밤에 피는 나는 야화! 무량한 너의…."

오빠부대로 술렁였는데 갑자기 그녀의 헨드폰 벨이 울리는 소리가 들려왔어.
그녀의 남편이 갑자기 일이 생겨 야근을 해야 한다나.

'야호! 기특한 녀석! 하늘이 나를 돕는구나!

시원한 맥주와 오빠부대의 성원 속에 노래방 분위기가 한껏 고조되었을 무렵 그녀가 나에게 부르스를 청했어.

'이즈 디스 레프트 케익?' (이게 왠 떡이냐?)

얼굴은 홍당무. 가슴은 울렁울렁! 못 이기는 척 스텝을 밟았지. 구름에 두둥실 떠가는 느낌이었어. 몸과 마음이 밀착되는 순간 힘이 턱턱 막혀 그녀를 꼭 부여잡았어.
잠시 후 그녀는 숨을 헐떡이며,

"조금만 떨어져서 추시면 안 될까요?"
"아! 죄송….."

그러나….
노래방에서 나온 우리는 아니! 나는 그때 구름을 밟
고 집으로 돌아왔어.

댓글   신고 · 인쇄   스크랩(0) ▾

등록된 댓글이 없습니다.

	등록

0 / 300자

✎ 글쓰기   답글   최신목록 | 목록 · 윗글 · 아랫글

중국인이 된
어느 날

구조조정 때문에 실직자가 된 나는 직장을 찾아 다녔으나 마땅히 들어갈 회사가 없었어.

무엇을 할까?

고민하던 나는 직장에서 받은 퇴직금도 있으니 이번 기회에 외국어나 배우자는 요량으로 무엇을 배울 것인가 고민했어.

'영어를 배울까?'

'아냐! 영어는 너무 어려워 초중고 대학을 통틀어 10년을 넘게 배웠지만 머리에 든 것은 몇 단어 밖에

없지 않은가!'

'그래 일본어를 배우자.'

'아냐! 일본어는 잘하는 놈들이 너무 많아.'

'그럼 무엇을 배우지? 그래 중국어를 배워 중국에서 장사를 하는 거야.'

'나처럼 똑똑한 사람은 금방 장사도 배울 수 도 있고, 중국사람과 비슷하게 생겼다고 하니까 중국어가 적성에 딱 맞을 거야'

이런 생각을 하며 친구인 칠성이를 꼬여 같이 중국어 학원을 다니며 방과 후에 자주 중국집에서 고량주를 마시며 주인과 이야기도 하였어.

나날이 늘어가는 중국어 실력(?)에 마음이 뿌듯했지.

하루는 중국집에 들렀다가 칠성이와 함께 택시를 타고 집에 오면서 중국어와 한국어를 혼용하여 대화를 하였지.

우리들의 이야기를 듣고 있던 운전기사가 중국사람이냐고 물었어. 장난기가 발동한 칠성이는 자기는 한국 사람이고, 나는 중국 북경에서 왔노라고 대답했어.

운전기사는 차를 가리키며 중국에도 한국 택시처럼 좋은 차가 있느냐고 물었어.

'세상에! 내가 팔자에도 없는 중국 사람이 되다니!'

나는 기가 막혀서 아무 말도 하지 않고 있자 칠성이
는 통역관 흉내를 내며 서툴은 중국어로 나에게 묻는
것이야.

"중구어 이에 쩌거 건 이양처, 요우, 메이요우?"

나는 터져 나오는 웃음을 참으며,

"有, 중구어 이에 헌뚜어처
(있습니다. 중국에도 많이 있어요)"

기사아저씨는 신기한 듯 그를 보며 이것저것 물었어.
나는 내심 당황했지만 교육을 받는 동안에 주어 들
은 중국에 대한 이야기를 중국어로 이야기 했어.
기사아저씨는 내가 진짜 중국인인 줄 알고 있었고
칠성이는 유창(?)하게 통역을 했어.
목적지에 이르러 차비를 내려고 하자 운전기사는 웃
으면서 자기 평생에 북경에서 온 중국인은 처음 보았
고 중국 이야기를 많이 들었으므로 차비를 받지 않겠

노라고 하면서 대신에 기념으로 중국 돈 하나만 달라고 했어.

당황한 우리는 못 알아 들은 체하며 차에서 내렸지. 운전기사는 아쉬운 듯 우리를 바라보더니 손을 흔들며 사라져 갔어.

차에서 내린 우리는 한바탕 웃었지.

그리고 난 후 장난기가 발동한 우리는 지나가는 젊은 연인들 앞으로 다가서서 합창하듯 물었지.

"칭원? 한칭 짜이날?"
(말씀좀 묻겠는데요, 서울이 어디에 있습니까?)
"예?"

그들은 당황한듯 36계 줄행랑 ….

그런데 어떤 젊은이가 다가오더니

"진따오니 헌까오싱! 워이에 중구어런!"
(만나서 반갑습니다. 저도 중국인입니다.)

나와 칠성이도 당황해서 줄행랑 ….

Chating love

1. Chating love

Man1 : 안녕하세요?

Woman1 : 방가 방가

Man1 : 난 경기. 남. 40세

Woman1 : 할아버지잖아? 아니 세상에!

Woman1 할아버지가 이 방에 웬일이람?

Man1 : 앵 ?????

Woman1 : 할아버지 딴 데 가서 알아봐요.

　　　　이런 주책없는 늙은이 같은이라고 ….

이러한 대화가 나를 무안하게 하더군.

'채 : 쳇! 지는 나이 안 먹나?

　　채팅에 나이가 무슨 상관? 에이! 열 받아'
'팅 : 팅기기는 너희들도 내 나이 돼 봐.'

이제 나이 겨우 40세! 아직 영계인데? 벌써 찬밥 신
세라니!

하긴 요즈음에는 40대에 사망하면 호상이라던데!

아니! 그런데…!?

여기는 어디? 36세-40대방

앗!! 내가 놀란 이유는?

이곳에서는 할아버지가 아니고 친구 대접을 융숭히
받아서

내가 대접을 융숭히 받은 이유는?

나니까.

poolrip : 안녕하세요?

cheonsa : 방가, 방가!

poolrip : 전 경기 남. 40세

cheonsa : 저도 경기 여. 36세

poolrip : 나이가 좀 많죠?

cheonsa : 아니예요. 딱이예요

poolrip : 고마워요.

poolrip : 이름은? 직업은? 취미는? 등등

건전한 대화 속에서 친구가 되었고 서로의 가슴앓이도 터놓고 채팅사랑을 이어갔어.

서로를 무시하면 짜증, 서로를 위하면 즐거움!

그녀와의 대화는 이렇게 시작되었고, 수십여 통의 이메일을 주고 받았지.

그리고 우리는 오랫동안 만나지 못했던 사이 같은 오랜 친구가 되었던 거야.

2. Cheonsa of E-mail

아이들의 아우성과 함께 분주한 하루의 일과가 시작되었어.

급한 일이 생겨 어젯밤 님과의 아쉬움을 뒤로하며 제대로 인사도 없이 황급히 막을 내렸어.

뭔가의 호기심 때문에 아침부터 창을 열었어.

생각 나시겠죠 누군지…?

바쁜 중에 즐겁고 여유 있는 하루를 여시길….

- Cheonsa -

출근길. 나를 맞이하는 길가의 가로수들….

간밤의 스산한 초겨울 바람에 바닥으로 나뒹구는 마지막 모습을 보았지.

현관문을 활짝 열고 하루의 첫발을 내딛을 때면 아파트에서 내려다보이는 숲속 구석구석까지도 이젠 모든 것이 쓸쓸한 모습의 낙엽들뿐이었지.

시작,

그래 시작하는 거야.

새로운 것을 맞기 위한 준비라고 생각해야지.

마음의 위안을 삼으며 나의 일터로, 사랑하는 나의 아이들이 반기는 이 곳에서 하루를 열어야지.

눈이라도 내릴 것 같은 잿빛하늘.

간밤에 보내주신 님의 메일을 들추면 반가움에 오래
된 친구와의 만남인 듯 편안함이 느껴져.

여유 있는 하루 맞이하기를….

- Cheonsa -

3. Oh! my God ….!!!???

그녀와의 만남
서로 서먹서먹한 감정으로 한편으론 장난스럽게 시
작했던 채팅에서의 만남!
우린 둘 나 유부클럽이었지만 내일 매일 한 동이성
의 이메일을 주고받으며 그리움과 우정을 쌓았지.

서로 멀리 떨어져 있는 연인처럼 ….
서로의 이름을 알 때까지….
서로의 목소리를 확인할 때까지….
만나고 싶은 마음을 뒤로하고!
그런데 그녀에게서 한번 만나고 싶다는….
설레임을 뒤로 하고 그녀의 메일을 읽어 내려갔지.

보고 싶은 pooirip님! 한번 만나고 싶어요?
사실 제 이름은 김미숙이 아니라….

김경숙….

아니!!!

어디서 많이 들어본 이름인데….!
    제 핸드폰 번호를 알려줄 테니 보고싶다면 만남의
장소를 알려주세요.

    제 핸드폰 번호는 010-9769-6563 ???????!!!!!

Oh, my God !!!
아니! 이 번호는 …?
이름은 …?
웬 날벼락이 ….
그럼! 이 사람은 내 와이프…???? !!!

각설이의
운수 없는 날

얼씨구씨구 들어간다. 절씨구씨구 들어간다.

작년에 왔던 각설이가 죽지도 않고 또 왔네.
얼씨구씨구 들어간다.

"어르신 빈 깡통 하나 있으면 적선합쇼."
'왜 거지가 밥을 구걸하지 않고 깡통을 달라고 하느
냐고요?'

어느 화창한 봄날!

그날도 지하철역 앞에서 구걸을 하고 있었는데 무심
코 깡통을 바라보니 돈 대신에 주택복권이 들어가 있
는 것이 아니겠어요.

'세상에 어느 거지 발싸개 같은 놈이 돈이나 줄 것
이지 쓸데없는 복권을 줬어.'

궁시렁거리다가 '이왕에 받은 것인데 혹시 1등에 당
첨될지 알아?'

'아니야. 내가 무슨 복에….'

하는 생각에 복권을 버리려고 생각하다가 뚫어진 깡
통이나 때우기 위해 깡통 위에 밥풀로 복권을 붙이고
동냥을 계속하였지요.
그러던 어느날 한강 둔치를 거닐다가 우연히 휴지통
안에서 신문 하나 주었지요.
신문지로 이불이나 덮을 요량으로 신문을 펼치는 순
간 주택복권 당첨번호가 내 눈에 들어오는 것이 아니
겠어요.
문득 깡통에 붙여놓은 복권이 생각나는 거예요

혹시나 하는 마음에 신문과 깡통의 복권번호를 맞춰 보니 세상에 내가 …!

1~등~당~첨 !!!!!!…. !!!!!!!

'나는 떼부자가 된 거야!'

그런데 왜 나는 아직까지도 이 깡통을 가지고 있는 거지?

이제는 깡통이 필요 없잖아?

자! 깡통아 이제는 멀리 멀리 가거라!

에잇!

'아~ 안 돼!'

그러나 깡통은 한강물에서 둥둥둥….

'아뿔사!'

후회 해봤자 이젠 어쩔 수 없잖아요.

먹고 살려면 새 깡통이 있어야 되잖아요.

얼씨구 씨구 들어간다
절씨구 씨구 들어간다
나도 한때는 1억 갑부였단다.

아빠 엄마는
못 말려

1

어느 화창한 봄날 나는 아빠와 엄마 그리고 남
동생과 함께 놀이공원을 갔어요.

놀이 기구도 타 보고 먹을 것도 많이 사 먹고….

정말 즐거운 하루였어요. 그런데 아이스크림을 먹
고 종이를 무심코 바닥에 버렸는데

"누가 종이를 아무데나 버리라고 했니? 빨리 집어서
쓰레기통에 넣어."

아빠가 호되게 야단 치시는 거예요.

내 얼굴은 홍당무같이 빨개졌지만 아빠가 한없이 존경스러웠어요.

2

한참을 가다가 아빠가 담배를 피우시고 담배꽁초를 길바닥에 버리시며 침을 탁 뱉으시는 거예요.

'어른들은 아무데나 담배꽁초를 버리고 침을 뱉어도 되는 건가?'

3

집에 가는 버스를 타기 위해 횡단보도 앞에 도착하자마자 빨간 신호등이 켜지는 거예요.

그런데 엄마가 내 손을 끌더니 횡단보도로 막 걷는 거예요.

"엄마! 빨간불이잖아요."

하고 이야기했지만 엄마는

"피곤한데 빨리 집에 가서 쉬어야지."

하며 내 손을 잡고 건넜는데, 신호가 바뀐 것을 보고
달리던 택시가 갑자기 급정거를 한 기사 아저씨가 우
리에게 막 욕을 해 대는 것이 아니겠어요?

아저씨 욕을 아주 잘 하데요.
그 많은 욕을 어디에서 배운 걸까?
혹시 욕을 가르쳐 주는 학원에서…?
그런 학원이 있나?

'아빠 엄마 정신 차리세요'

4

버스에 올라타니 빈 좌석이 세 군데가 있었어요.
한 좌석에는 나와 동생이 앉았고, 아빠, 엄마가 한
좌석씩 앉았는데 다음 정거장에서 머리가 하얀 할머
니께서 버스에 타셨어요. 자리를 양보하려는데 엄마

가 나를 보시더니 그냥 자리에 앉아 있으라고 눈짓을 하시는 거예요.

'어! 유치원 선생님께서는 노인에게 자리를 양보하라고 말씀하셨는데!!'

5

집 근처에 도착하여 버스에서 내리신 아빠가 공중전화 박스 안에서 담배를 물고 할머니께 전화를 하시는데, 지나가시던 순경아저씨가,

"아저씨! 공중전화 안에서는 '금연' 이라는 것을 모르십니까?"

하시며 벌금 딱지를 끊으려고 하시자 아빠는 순경아저씨에게 손이 발이 되도록 빌며 한번 봐 달라는 거예요.

'아빠는 못 말린 다니까!'

가까스로 벌금 중에서 가장 싼 것으로 끊고 사건은 일단락 되었어요.

6

집에 도착한 우리는 아빠가 사 주신 장난감을 가지고 서로 다투었어요. 우리가 싸움을 하는 것을 보신 아빠가 나에게 물었어요.

"너 동생이 몇 명이냐?"
"네! 하나 밖에 없어요."

울먹이며 이야기를 하자 동생에게,

"너는 누나가 …?"
"네! 하나 밖에 없어요."

아빠께서 화를 내시며,

"그래 하나 밖에 없다면서 사이좋게 놀아야지, 왜 싸워! 빨리 서로 화해하고 안아 줘."

우리는 화해를 하고 한동안 서로 부둥켜안고 하염없이 울었어요.

7

저녁 식사 후 아빠와 엄마가 한동안 재미있게 말씀을 하시더니 갑자기 싸우시는 거예요.

'세상에! 아빠는 엄마가 열 명이라도 되나? 그리고 엄마는 아빠가···.?'

어른들은 이론과 실제가 어떻게 다른가 보다.

'아빠 엄마는 정말 못 말린다니까!'

하루살이
공화국

하루살이 공화국에서는 왕을 선출하기 위하여 각지에서 서식하는 하루살이들이 모여들었고, 거리는 온통 축제 분위기였다.

선거인단의 엄격한 심사를 거쳐 각 지역에서 출마한 후보들이 유세장에서 연설을 하게 되었다.

어떤 선거든 간에 공약은 있게 마련이다.

첫 번째 연단에 선 이틀만 후보가 주위를 빙 둘러본 후 연설을 하기 시작하였다.

"친애하는 하루살이 여러분!

저는 오늘 자정 정각에 태어났기 때문에 남들보다 인생 경험이 많고 연륜도 많이 쌓았다고 자부합니다.

　오랜 경험을 통해서 여러분에게 어떤 것이 필요한 것인지 잘 알고 있습니다.

　만약 저를 왕으로 뽑아 주신다면 여러분이 하루라도 더 살 수 있는 환경을 만들겠습니다.

　한 표 꼭 부탁드립니다."

　이틀만 후보가 연설을 마치자 우레와 같은 박수가 쏟아졌다.

　두 번째로 연단에 선 진정한 후보는,

　"여러분! 남보다 더 오래 살았거나 인생경험이 많다고 훌륭한 왕이 될 수 있다고 생각지 않습니다.

　왕으로서 선정을 베풀 수 있는 자는 오래 산 자나 경험이 많은 자가 아니라 능력이 있고 리더십이 있는 자라고 생각합니다.

　존경하는 여러분!

　저는 도시, 농촌에 살고 있는 그 누구라도 차별하지 않고 인재를 두루 발탁하여 여러분이 행복을 누릴 수 있는 권리를 누릴 수 있도록 선정을 베풀겠습니다.

다시 말씀드리지만 왕이 될 수 있는 자는 오래 산 자가 아닌 젊고 리더십이 있는 본인이라 생각합니다.

오래 산 자가 선정을 베풀 수 있다는 생각은 개 풀 뜯어 먹는 소리이며 어불성설입니다.

여러분 1번 후보에게 현혹되어서는….”

말이 채 끝나기도 전에 1번 후보 진영에서는 2번 후보에게 삿대질을 하며 온갖 욕설을 퍼부었다.

장내는 아수라장이 되고 개판 5분 전이 되는 동안 몇 시간이 흘러갔고 다급해진 사회자는,

“여러분! 진정하십시오. 오늘도 몇 시간이 남지 않았습니다.”

주위는 가까스로 진정되어 연설회가 다시 이어졌고 세 번째 공연히 후보가 연설을 하기 위하여 연단에 섰다.

“존경하는 하루살이 여러분! 정말 죄송합니다.

앞서 나온 후보들은 왕이 되려는 욕심에 서로 헐뜯고 있습니다. 이러한 풍토는 하루 빨리 없어져야 한다

고 생각합니다.

만일 제가 왕이 된다면 자기의 욕심만을 채우려는 이러한 풍토를 버리고 여러분의 행복과 화합을 위해 이 한목숨을 다 바쳐서 일하겠습니다.

여러분들이 지금보다 더욱 더 살기 좋은 나라를 만들겠습니다.

여러분 기호 3번 공연히 후보를 기억해 주십시오."

연설이 끝나기가 무섭게 사방팔방에서 오물 등 쓰레기 더미가 연단으로 쏟아졌다.

많은 후보자들의 현실성 없는 공약이 쏟아져 나오고 서로 상대방에 대한 인신공격과 욕설로 유세장은 아수라장이 되었고, 해는 어느덧 뉘엿뉘엿 저물어 가고 있었다.

'내일이면 정말 왕을 뽑을 수 있을까?!'

음메,
기 살아!

김호구는 중소기업에 다니는 말단 직원이다.

일에 시달리고 돈에 찌들어 항상 기가 죽어 있는 그이지만 오늘만은 얼굴에 유난히 생기가 돌았다.

오늘저녁에는 직원 회식이 있는 날이라서 마누라 다음으로 좋아하는 술을 실컷 마실 수 있기 때문이다.

퇴근을 알리는 시계 종소리가 나자 모두들 하던 일을 멈추고 주지육림^{酒池肉林} 단골집으로 향하였다.

소주를 한 잔 두 잔 홀짝이며 정치가 어떠니 경제가 어떠니, 상대방 얼굴에 침까지 튀기면서 열변을 토하였다. (마치 경제학·정치학 박사인양….)

안주가 좋아서 그런지 시간이 지날수록 술병의 수가 늘어난 반면, 일행의 숫자는 점점 줄어들었다.

화장실에서 쓰러졌는지 아니면, 아직도 집에 전화를 하고 있는지….

나중에는 10명의 일행 중 5명이 남아 목구멍에 술을 들이붓고 있었다.

"김형! 우리 2차 갑시다."

박 대리의 말에 우리는 맞장구를 치고 밤의 낭만이 있는 포장마차로 향하였고 우리는 그곳에서 소주와 안주를 시켜놓고 다시 열변을 토하였다.

"우리 총무계장 말이야, 자식이 너무 건방져.

나보다 세 살이나 적은 자식이 그래도 계장이라고 깝죽대기는…."

"그래! 박형 말이 맞아. 지가 뭔데 우리를 혹사시키는 거야?"

"그리고 말이야, 아는 거라곤 쥐뿔도 없으면서 잘난 체는…."

"그 뿐인가, 그 녀석은 목에 깁스를 했는지 인사를 해도 받지도 않고 어깨에 힘만 잔뜩 주고 다니잖아."

서로 주고받으며 총무계장의 흉을 실컷 보고 나니 10년 묵은 체증이 확 뚫리는 기분이었다.
시간은 자꾸만 가고 김호구는 슬그머니 아내의 얼굴이 떠올랐다.

'지금쯤 아내의 얼굴이 붉으락 푸르락 거리겠지.
더 늦었다간 내 얼굴도 성치 않을 텐데.'

흠칫 놀라며 일행에게 소리쳤다.

"자! 시간이 늦었으니 이젠 집으로 갑시다."
"무슨 말입니까? 우리 3차로 노래방에 갑시다."

박대리의 말에 모두 찬성하였으나 김호구만은 난처해졌다.
악처로 소문난 아내도 문제였지만 사실 그는 만인이 다 알아주는 음치 중에 음치였기 때문이다.
김호구의 노래를 듣느니 차라리 도살장의 돼지 목따

는 소리를 듣는 것이 낫다는 평이다.

"그럼 재미있게 놀다 가십시오."

그가 빠져 나오려고 하였으나 모두들 못 가게 막으며,

"무슨 소리야 오늘만큼은 김 형 노래를 들어 줄 용
의가 있어."

할 수 없이 일행에 이끌려 노래방 앞까지 오자 박 대
리가 그의 팔을 끌고 슈퍼로 갔다.

"아저씨! 국산 양주 하나하고 오징어 한 마리만 주
슈!"
"아니 이 사람아, 노래방에 가는데 술을 왜 사 가나?"
"김 형! 답답하시긴 노래를 부르려면 목에 기름을
쳐야죠."
"그래도 그렇지, 노래방에 술 반입은 금지야."

호구의 말에 박 대리가 웃으면서,

"순진하시긴…. 몰래 숨겨놓고 마시는 술맛이 어떤지 압니까? 기가 막힙니다."

노래방에 들어간 우리는 노래에 술을, 술에 노래를 타 마시며 흥을 돋우었다.
박 대리가 먼저 노래를 불렀다.

'이른 아침에 잠에서 깨어 너를 바라볼 수 있다면 물안개처럼 강가에 서서 작은 미소로 너를 부르리….'

가수 뺨치는 실력이었다.

'나도 이 친구처럼 노래를 잘 부르면 얼마나 좋을까?'

김호구는 내심 박 대리가 부러웠다.
일행의 노래는 시간이 갈수록 열기를 내뿜었고, 어느덧 김호구의 순서가 되었다.

"노래만은 자신이 없는데…."
"김 형 노래 솜씨는 만인이 다 아는데 뭘 그래요.

걱정 말고 한 곡조 뽑으쇼."

계속 못 부른다고 뺐으나, '안 들어가면 쳐들어간다. 꿍 자작 꿍 짝! 엽전 열 닷냥'

김호구는 하는 수 없이 노래를 불렀다.

'내가~왜~이럴까? 울고 싶은~이 마음~허전한 내 마음을 어떻게….'

모두들 피식피식 웃었고 부끄러워 술로 붉게 물든 호구의 얼굴이 더욱 더 빨개졌는데 노래가 끝나고 점수가 나왔다.
아니, 이럴 수가…!
팡파르가 울리면서 92점이 나왔고, 그의 입은 귀밑까지 찢어졌으며 웃고 있던 동료들은 '어쩌다가 기계 고장으로 92점이 나왔겠지!' 하며 팡파르 기념으로 한 곡을 더 부르라고 했다.
김호구는 신이 나서 '리쌍의 우리 다시 만나. 당장 만나'를 힘차게 불렀다.
노래가 끝나고 점수가 나왔을 때 동료들은 다시 한

번 놀랬다.

역시 팡파르와 함께 95점이 나왔다.

"아니 세상 별일이네. 음치의 왕중왕이 노래방 가수
가 되다니!'

김호구의 어깨는 으쓱해졌고 동료들은 슈퍼에서 사
온 국산양주를 목에 붓고 있는데 노래방 주인이 지나
가다가 그 광경을 보았다.

"아저씨들! 여기서 뭐 하는 겁니까?"
"노래방에 술을 못 가져오게 되었는데 누구 장사 망
하는 꼴을 보려고 삭성했어요? 낭신들 같은 사람은 빌
요 없으니 빨리 나가시오!"

따끔한 충고에 모두 도망치듯 노래방을 나왔다.
김호구는 박 대리를 보며,

"박 대리! 내가 뭐라고 했나? 노래방에 술을 가지고
가면 안 된다고 했지?"

호구의 오늘 하루는 정말로 즐겁고 뿌듯한 하루였다.
팡파르에다 박수에다 앵콜까지….

'음메, 기 살아!'

댓글   신고 | 인쇄 | 스크랩(0) ▾

☺ 아싸 일빠~   2010.10.22. 11:11   답글

                                        등록

                                      0 / 300자

✎ 글쓰기 | 답글   최신목록 | 목록 | ▴윗글 | ▾이랫글

IMF
주부가장^{家長}

1

이름도 몰라요 성도 몰라 낯설은 남자 품에 안기어서….

"정 여사님, 참 아름답습니다."
"아이 참 부끄러워요. 고 선생님이야말로 정말로 멋진 분 같아요."

카바레의 희미한 불빛 아래에 남녀들은 쌍쌍이 뒤엉

켜서 부루스 곡에 맞추어 서로의 몸을 비비고 있었다. 브루스 곡이 끝나자 많은 남녀들이 팔짱을 끼고 제자리로 하나 둘씩 들어가고 그녀도 제자리로 돌아와 맥주로 목을 축인 후 담배를 한 대 피워 물었다.

"정 여사님! 당신에 대하여 많은 것을 알고 싶습니다."
"죄송합니다만 김 선생님! 저에 대해서는 아무 것도 묻지 말아 주세요.
덕분에 엄청 즐거웠습니다. 우리 그만 일어나시죠?"
"아니 벌써요?"

사내는 의아한 듯 그녀에게 물었다.

"예! 이젠 집에 돌아가 봐야죠.
애들 아빠도 일자리 때문에 밖에 나갔다가 집에 돌아올 시간도 되었어요.
아이들도….”
"그럼, 우리 언제 다시 만날 수 있을까요?"
"인연이 있으면 다시 만나겠죠.
그럼! 안녕히 가세요?"

그녀는 냉담하게 대답한 후 십만 원권 수표를 받아
들고 도망치듯 그 자리를 빠져 나왔다.

2

제가 누구냐고요?

제 이름은 정경희!

두 남매의 어머니이며, 36세의 IMF 주부가장이에
요. 한때는 저도 모 그룹에 촉망받는 이사 사모님이
었죠.

그런데 IMF인가 지랄인가 때문에 제 남편은 회사에
서 쫓겨나 실업자가 되었죠.

젠장!!!!

그날부터 남편이라는 작자는 허구한 날 술만 퍼 마
시니 집안 꼬락서니가 말이 아니었죠.

그러니 어찌합니까?

저라도 식구들을 먹여 살려야죠.

그래서 IMF 주부가장이 된 거예요.

제 직업이 무엇이냐고요?

예, 뭐라고 해야 할까요?

프리랜서라 할까?

3

술을 퍼 마시느라 아직 집에 돌아오지 않는 남편을
기다리던 경희는 깜박 잠이 들었다.

시간이 얼마나 흘렀을까?

갑자기 그녀의 눈에서 번갯불이 번쩍거렸다.

깜짝 놀라 눈을 떠보니 고주망태가 된 남편이 노려
보고 있었다.

"이 망할 놈의 여편네야, 하늘 같은 남편이 들어오
지 않았는데 팔자 좋게 자빠져 있어?"

온갖 욕설을 퍼부으며 그녀의 머리채를 마구 잡고
흔들었다.

시끄러운 소리에 잠이 깬 아이들이 겁에 질린 채 안
방으로 들어오더니,

"아빠! 왜 그러세요, 왜 죄 없는 엄마를 때리는 거예
요?"

아이들이 엄마 편을 들자 남편은

"뭐라고! 네놈들도 아빠가 실업자라고 무시하는 거야?"

남편은 아이들까지 마구 때렸다.
그녀는 남편에게로 달려들어 그의 가슴을 주먹으로 치면서,

"차라리 나를 때려라. 이놈아! 왜 아무 잘못도 없는 애들에게 행패냐?"
"뭐야! 이년이 감히 어디다 대들어?"

남편은 그녀를 향해 재떨이를 집어던졌고 그녀의 이마에서는 피가 주룩주룩 흘러 내렸다.

"그래 이놈아 너 죽고 나 죽자."

그녀는 버럭버럭 소리를 질러댔고 남편은 가재도구 등을 집어던지며 온갖 욕설을 퍼붓더니 이내 곯아 떨어졌다.

아픔과 서러움을 참지 못한 그녀는 대충 옷들을 챙겨 가지고 밖으로 뛰쳐나와 슈퍼에서 소주와 오징어를 사들고 지나가는 택시를 잡아 탔다.

4

그녀는 어느 외딴 곳에서 차에 내려 조용한 곳을 찾아 자리를 펴고 앉아 눈물로 칵테일한 소주를 한 잔 두 잔 목에 퍼부었다.

얼마나 시간이 지났을까?

생전 처음 마셔본 술이라 그런지 취기가 올라오기 시작했다. 그녀는 일어나 한참을 걸었다.

그때 낯설은 승용차가 그녀 앞에 멈춰 서며,

"어디까지 가십니까?"

그녀는 눈을 반쯤 뜬 채 '아무 데나 가 주세요.' 하면서 차에 올라탔다.

"좀 취하셨군요?"

"예! 안 좋은 일이 있어 한 잔 했어요. 꺼억!"

"무슨 일이신데…?"

그녀는 대답 대신에,

"아저씨 저 술 좀 사주실래요?"
"많이 드신 것 같은데, 더 드실 수 있겠습니까?"
"전 아직 괜찮아요"
"정 그렇다면 나이트 클럽으로 모실까요?"
"예, 좋아요."

차는 미끄러지듯 나이트 클럽으로 달려갔다.
나이트 클럽에 도착한 그녀는 맥주를 마구 마셔댔다.

"어떤 놈들이 IMF를 만들어 나를 이렇게…."

그녀는 고래고래 소리를 질렀다.
술에 취한 그녀는 그 사내의 손에 이끌려 모텔로 들어 갔고, 모텔로 들어 가자마자 침대에 쓰러졌다.
비몽사몽 간에 가슴이 답답하고 숨을 쉴 수가 없어 눈을 떠보니 그녀의 옷이 사방으로 뒹굴고 있고, 그 사내는 그녀의 몸을 훔치고 있었다.

"선생님! 왜 그러세요. 제발 이러지 마세요?"

그녀는 완강히 사내를 거부하였지만 소용이 없었다.

"안돼! 아이구! 어머니~ … !"

그녀는 수치심 때문에 뜬눈으로 밤을 샜다.
비몽사몽 간 잠깐 잠들었다 깨어보니 탁자 위에 메모지와 십만 원권 수표 2장이 놓여 있었다.

"어제는 죄송했습니다. 바빠서 깨어나는 것을 못보고 일찍 나갑니다.
약소하지만 저의 작은 성의이니 차비에 보태 쓰세요."

그녀는 복받치는 설움을 억제하지 못하고 한참동안 흐느껴 울었다.

5

며칠 후 그녀는 아침 일찍 거리로 나왔다.
이젠 더 이상 과거의 악몽을 한탄할 수도, 무능한 남편을 욕할 수도 없었고 아이들을 위해서라면 무슨 일이라도 해야겠다고 결심했다.

그녀는 부유한 집안의 외동딸로 태어나 고생을 모르고 귀엽게 자랐기 때문에 그녀가 할 수 있는 일이라고는 아무 것도 없었다.

'그래 결심했어! 온몸으로 뛰는 거야. 옛말에도 개같이 벌어 정승처럼 쓰란 말도 있지 않는가!'

그녀는 고속도로 톨게이트 주변에서 무엇인가 기다리고 있었다.
한참 후 그녀는 지나가는 승용차를 세웠다.

"어디까지 가세요?"
"예! 아저씨 가시고 싶은 데로 가시죠."
"예??!!"

그녀의 말에 사내는 잠깐 동안 놀란 표정을 짓더니 음흉한 미소를 지으며 그녀를 차에 태웠다.

"아저씨는 참 멋있어요, 아저씨처럼 멋지신 분은 처음 봐요."

멋지다는 그녀의 말에 그 사내의 입이 귀밑까지 찢어졌다.

"아저씨, 저 아침 좀 사주시겠어요?"
"예! 그야 말밥이죠."

한참을 달려 이윽고 차는 어떤 식당 앞에 멈춰 섰고, 그녀는 낯선 사내와 팔짱을 끼고 그곳으로 들어갔다.
식사를 마친 그들은 볼링장, 영화관, 오락실, 노래방, 모텔 등을 전전하며 하루 종일 즐긴 후 헤어졌다. 그리고 그녀는 그 사내에게서 수고비를 받는 것도 잊지 않았다.

내일은 누구와…,
어디서…,
무엇을…?
어떻게…?

그녀는 프리렌서
그녀는 IMF 주부가장!

치매 걸린
토끼

옛날에 치매 걸린 토끼가 살았어요.

하루는 깊은 산속 옹달샘에 세수를 하러 가는데 동물들이 물어 봤어요.

"산토끼 토끼야! 어디를 가느냐?"

치매 걸린 산토끼는

'내가 어디 가는 길이었지?'

도저히 생각이 안 난 토끼는 말을 했어요.

'산고개 고개를 나 혼자 넘어서 토실토실 알밤을 주워서 올 테야'

라고 대답을 하고 한참을 가다가 깊은 산속에 있는 옹달샘을 만났어요.

토끼는 물가로 가서 물을 마시고 다른 길로 가려는데 그곳에서 거북이를 만났어요.

거북이는 치매 걸린 토끼를 알아보고 경주를 하자고 했어요.

둘이 경주를 하고 있는데 거북이보다 한참 빨리 달리던 토끼가 생각을 했어요.

'내가 뭐하고 있었지?'
'아!! 잠자러 왔지!'

토끼는 자리를 펴고 드르릉드르릉 코를 골며 자고 있고 거북이는 토끼를 지나 결승점에 도착해서 말했어요.

"야! 치매 토끼야! 내가 이겼다"

"토끼야! 내가 누군 줄 아니?

난 용궁으로 너의 간을 용왕한테 바치러 간 그 거북이야….”

"너 바보 아니니?"

토끼는 너무 창피해서 그 이후로 남을 보면 뒤도 안 보고 토낀답니다.

※ 치매 걸린 토끼 = 산토끼 = 거북이와 경주한 토끼

　= 거북이 꾀임에 용궁에서 죽을 뻔 했던 토끼.

백일몽 白日夢

컴보트[1]의 신호에 의해 잠자리에서 일어난 선회는 칼슘과 비타민 알약으로 아침식사를 마치고 컴보트가 제공한 쇼를 감상한 후 외국 상사(商社)에 출근하기 위해 파란 눈동자를 끼고 밖으로 나와 컴동카를 탔다.

마침 주말인지라, 하늘에는 여행을 가는 헬기 때문에 주위가 캄캄했다.

거리에는 빨갛고 노란 머리의 남녀들이 삼삼오오 짝을 지어 팝송을 부르고 심지어 어떤 이는 영어로 지껄이고 있었다.

주 1) 컴퓨터(Computer)+로버트(Robert)

외국어로 지어진 각종 상가, 심지어 사람들도 외국 이름이 많았다.

국산품은 전혀 찾아 볼 수가 없었으며, 한구석에는 영어 글씨가 새겨진 다 떨어진 점퍼를 걸친 사람들이 지나가는 행인과 실랑이를 하고 있었다.

얼마 전 까지만 해도 이곳은 희망과 노력의 도시로 나날이 발전하던 도시였다.

그들은 허리띠를 졸라매고 열심히 일하며 행복하게 살고 있었으나,

지금!

그들은 게으르고 편안한 것만을 찾았으며, 외제 선 호사상에 젖어 있었고 농촌사람들은 농사 짓는 것을 기피하여 국산 농산물 대신에 값이 훨씬 싼 외제 농산 물을 들여와 농촌은 더욱 더 황폐화되어 논과 밭도 갈 아엎고 공장 및 호화 별장·위락시설 등으로 이용하 였기 때문에 외국의 농산물이 물밀듯이 들어오게 되 었으며, 날이 지날수록 싼값으로 들여오던 이런 것들 의 가격이 엄청나게 뛰기 시작했으나, 후회해 봤자 이 젠 소용이 없었다.

또한 많은 사람들이 외제만을 선호하고, 대기업에서는 이틈을 틈타 외국상품을 마구 들여와 구매를 부채질하여 자연히 국산품을 멀리하게 되어 많은 기업들이 하나 둘씩 도산되었고 그 자리에 외국 기업이 들어와 호황을 누리게 되니 국가 경제는 파탄의 지경까지 이르게 되었다.

2

회사에 출근하여 자리에 앉자마자 컴보트에서 날카로운 소리가 들려왔다.

"왜 이리 늦는 거야! 이 게으른 족속아!"
"우리는 흙을 팔아 너희들에게 적선하는 줄 아냐?
너희는 아직까지도 정신을 못 차리고 있어.
그나마 우리가 너희를 불쌍히 여겨 보살펴 주면 너는 고맙게 생각하고 열심히 일 해야지.
돼지만도 못한 놈아!"

갖은 욕설과 야유를 듣고 화장실로 들어가 슬픈 주스를 마시고 한없이 울고 있는데, 등뒤 에서 부드러운 목소리가 들려왔다.

"소녀야 ! 왜 이리도 슬피 우느냐?"
화들짝 놀라 뒤를 돌아보니 하얀 수염을 한 노인이
얼굴에 미소를 띄우고 있었다.

"얘, 이젠 그만 울거라. 아직도 늦지 않았단다.
너희가 비록 게으르고 오만하여 이 지경이 되었으
나, 예전처럼 열심히 일하고, 진정으로 나라를 사랑하
고, 국산품을 아껴 사용해서 질을 높일 때, 외국사람들
로부터 인정받고 수출도 많아질 것이다.
그때에 이르러 비로소 너희들이 잘 살 수 있고, 다른
이들에게 찬사를 받게 되며 이러한 일이 되풀이되지
않을 것이니라.
다시 이야기하건대, 너희 자신을 사랑하고 하나가
되어 노력하면 반드시 잘 살 수 있게 되는 것이다.
내 말 명심하거라. 그럼, 얘야. 잘 있거라."

이렇게 말한 노인이 갑자기 사라지고 한동안 천정을
멍하니 바라보며 서글픈 생각에 흐느껴 울고 있을 때
누군가가 몸을 흔들어 깨우는 것을 느꼈다.

"선희야! 빨리 일어나서 회사 가야지."

깜짝 놀라 일어나니 꿈이였다.
반가운 마음에 어머니 가슴에 파묻혀 한동안 울고 나니 속이 후련해졌다.

"얘가 무슨 꿈을 꾸었기에 ⋯."

영문을 모르는 어머니는 그녀를 빤히 쳐다보고 만 있었다.

"엄마! 컴보트는 어디 있죠? 파란 눈동자는…?"
"우리나라는 정말 망했나요?"
"빨리 일어나 아침 먹고 빨리 출근 해."

어머니 말씀에 한숨을 깊이 내쉬고 창문을 열고 밖을 바라보니 사람들이 바쁜 듯 힘차게 움직이고, 푸르게 물들은 가로수에서 새들이 즐겁게 노래하고, 국산 이름의 간판들이 선희를 향해 살포시 웃고 있었다.

"그래! 우리 것을 우리가 아낄 때 무궁한 발전이 있

는 거야.

비록 외제가 좋거나 값이 싸더라도…."

"그래, 우리 것은 소중한 것이여!

돼지 물러 나간다.

돼지 부리러 나간다.

얼쑤!"

댓글 신고 인쇄 스크랩(0) ▾

◎ 뱃살공주 2010.10.22. 11:11   답글
  제 원래 이름은 신데렐라.

◎ 흑구멍 2010.10.22. 11:11   답글
  헐~ 이 여자가 흑성에서 탈출해왔나?

  ㄴ◎ 李芝山 2010.10.22. 11:11   답글
     흑, 100살 공주 아니십니까? 꼼퓨따가 안깨워주나요. 일어나서 출근하세요.
     성으로 가시지 마시고.

◎ 뱃살공주 2010.10.22. 11:11   답글
  여러분! 제가 모는 컴동카 못봤시유?

◎ 오리무중 2010.10.22. 11:11   답글
  여기로 해서 절로 갔다가, 다시 이쪽으로 오면….

	등록

🖼 📷 😀   0 / 300자

✏ 글쓰기 답글   최신목록 목록 ◂윗글 ◂아랫글

우리 팀장
이 팀장

우 리 팀장은 언제나 유머와 재치로서 모든 일을
처리하고 행복한 직장 분위기를 만들어 준다.
때로는 썰렁한 유머로 때로는 하이개그는 물론 최고
급 유머로 팀원들을 행복하게 한다.

우리는 그를 '썰렁맨' 또는 '유머전도사', '사랑의
바이러스' 라고 부른다.

"여러분, 안녕? 오늘도 행복하셈!"

그의 미소 띤 아침인사는 우리를 즐겁게 한다.

일도 똑 부러지게 잘하고 윗사람들을 공경하며 아래사람들에게는 한없이 잘 대해주지만 어떤 때에는 바보스러워 보일 때가 있다.

오늘은 우리 팀 아침조회 시간이다.

모든 팀원들이 원탁에 둘러앉아 신상품 판매 전략에 대한 열띤 논의를 하였다.

한참 회의를 하는데 어디선가 갑자기 핸드폰 벨소리가 퍼져 나왔다.

'날 좀 보소 날 좀 보소 날 좀 보소….'

일순간 분위기가 이상해지고 모두의 시선은 한곳으로 집중되었다.

전화벨소리의 장본인인 김어벙 씨의 얼굴이 빨개지고 당황해서 허둥지둥 핸드폰 전원을 껐다.

잠시 동안 주위가 싸늘해지자 팀장도 당황한 듯 헛기침을 하더니,

"신나는 음악 소리가 나는 걸 보니 이번 신상품은 대박이 날 것 같은 예감이 드네요.

그리고 김어벙 씨가 선봉에 설 것 같네요.

하지만 승리의 나팔은 잠시 접어두는 것도 문화인의 에티켓입니다."

일순간에 웃음이 터지고 험악했던 분위기도 사라졌다.

조회를 무사히 마친 그들은 자리로 돌아가고, 김어병 씨는 팀장에게 다가가 조회 시간에 핸드폰을 끄지 않아 분위기를 망친 것에 대하여 팀장에게 사죄하였다.

이 팀장은 그의 어깨를 톡 톡 치며,

"어병 씨, 그럴 수도 있는 일이예요.
하지만 팡파르는 한번으로 만족하세요."

잠시 후 사장실에서 팀장과 박선영의 호출 명령이 떨어졌다.

"박선영 씨! 요즘 선영 씨가 관리하는 마포지사 영업실적이 엉망인데 도대체 어찌 된 거요?"

선영은 당황하여 아무 말도 못하고 머뭇거리고 있자

눈치를 챈 이 팀장이 거들었다.

 "사장님! 사장님께서는 이곳으로 오신 지 얼마 안
되어 잘 모르시겠지만 항상 이번 달 초까지는 고객들
의 구매 충동의 하락으로 매출 실적 떨어지다가 이번
달 말부터는 상승세로 이어짐으로 그렇게 걱정하시지
않으셔도 될 것 같습니다.
 중국속담에 '팡즈부슐이코우츨(뚱보는 한입 먹어서
된 것이 아니다)' 이라는 말이 있듯이 마포지사는 우리
가 열심히 노력해서 가꾸어 놓은 젖과 꿀이 흐르는 가
나안^{Can aan} 땅입니다."

 이 팀장은 동료 직원을 위해 눈 하나 깜짝도 하시 않
고 아름다운 거짓말을 천연덕스럽게 하였고 사장은
안심한 듯 잘 해 보라고 말을 했다.
 사장실을 나온 이 팀장은 박선영을 보며 고무신이
타도록 열심히 일하라고 말하며 찡긋 윙크를 했다.
간신히 어려운 상황을 모면한 이 팀장은 신입 사원 때
일을 생각하며 빙그레 웃음을 지었다.

 "제 이름은 이한용입니다. 이 한 마리의 용(龍)입

니다."

면접관은 소리 내어 웃었고 사장은 쓸 만한 물건 하나 들어왔다고 하며 그를 유심히 살펴보았다.

그날 이후로 자신만의 철칙을 가지고 열심히 일한 덕분에 그는 승승장구했다.

어느 날 이 팀장이 출근하자 박대리가 근심 섞인 얼굴로 이 팀장에게 와서 말도 못하고 망설인다.

"박 대리! 얼음 땡 놀이 하는 거야? 왜 아무 말 없이 서 있나?"

"저~ 저~ 사실은 아름상사에 수금을 갔는데 사장이 출장을 갔다고 하고 어쩌다가 만나더라도 돈을 줄 생각은 하지 않고 차일피일此日彼日 미루고 있어요. 오늘이 마감일인데…."

"그것 때문에 걱정하고 있었던 거야? 걱정 말고 나와 함께 가지."

이 팀장은 박대리를 데리고 아름상사로 갔다.

아름상사 현관문을 열고 사장실로 향하는데 박 사장의 목소리가 바깥으로 흘러 나왔다.

오늘은 무슨 일이 있더라도 돈을 받고야 말겠다고 다짐하며 사장실을 들어가려고 하자 비서가 앞을 가로 막으며 '사장님이 외출 중' 이라고 하였다.

'분명히 사장 목소리가 들리는데….'
"그럼, 여기서 기다리죠."

이 팀장은 소파에 자리를 잡고 앉았다.

"사장님이 멀리 출타 중이라 오늘은 그냥 가시죠?"

빨리 나가라는 비서의 말을 무시하고 앉아 있는데 사장이 퇴근 준비를 하며 문밖으로 나오면서 흠칫 놀라더니 오늘은 돈이 없으니 다음에 오라는 것이다.

"박사장님! 죄송하지만 오늘이 지나면 더 이상 좋은 양질의 상품을 제공할 수가 없습니다.
우리도 우리지만 아름상사에서 까마귀 날자 배 떨어지면 어떻게 합니까?
까마귀가 배를 떨어트리지 않도록 도와 주십시오."

그의 말에 사장은 아무 말도 하지 못하더니 허허 웃으며,

"아무렴요, 배 떨어지면 안 되지요. 정비서! 이분들에게 대금을 지불하게."

이 팀장은 오늘도 행복한 마음으로 회사로 향하였다. 그의 철칙은,

첫째, 아침 형 유머 바이러스를 실천하자.
- 아침에 부부싸움을 해서 기분 나쁜 일이 있더라도 아침만은 유머와 미소를 실천하자.

둘째, 재치 있는 말 한마디는 내 인생을 행복하게 바꾼다.
- 말 한마디로 천 냥 빚을 갚는다는 말은 옛부터 내려오는 훌륭한 명언이지만 재치 있는 말 한마디야말로 죽은 사람도 살릴 수 있는 행복의 열쇠인 것이다.

셋째, 남을 이롭게 하는 아름다운 거짓말도 유머스럽게 하자.

- 남자들은 부인이 화장을 진하게 하면 '호박에 줄 긋는다고 수박 되나?' 라는 말을 한다.

이왕이면 '요즘 당신 점점 예뻐지는 것 같아.

항상 예쁜 당신을 호주머니에 넣고 출근하고 싶어.'

넷째, 적절한 유머는 최상의 무기이다.

- 상대방이 화가 났을 때 눈치 없이 썰렁한 농담을 한다든지 중요한 자리에 불쑥불쑥 이상한 말을 내 뱉는다면 그날 부로 당신은 아웃이다.

다섯째, 말 실수를 하였을 때에는 유머로 대처하여 위기의 순간을 넘기자.

- 말 실수를 하였다고 놀래거나 말 실수를 만회하기 위하여 변명 또는 거짓말을 하게 되면 신뢰를 잃게 된다.

여섯째, 유머는 생활전선에 가져 가야 할 최상의 총알이다.

- 하이 개그나 저질 코미디나 썰렁 유머이건 간에 상황에 맞추어 적절이 사용하자.

- 상황에 맞게 적절한 유머를 사용하면 직장은 물론

어디서든지 인기인이 될 수도 있으며 인간관계를 넓힐 수 있는 최선의 청량제가 될 것이다.

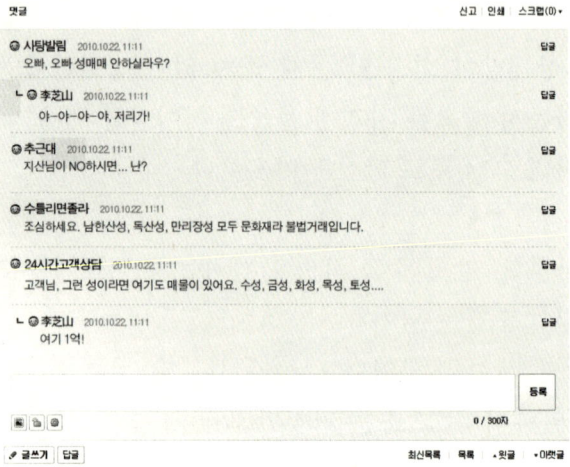

댓글   신고 · 인쇄 · 스크랩(0) ▾

◉ 사랑발림 2010.10.22. 11:11   답글
 오빠, 오빠 성매매 안하실라우?

 ㄴ ◉ 李芝山 2010.10.22. 11:11   답글
  아—아—아—야, 저리가!

◉ 추근대 2010.10.22. 11:11   답글
 지산님이 NO하시면... 난?

◉ 수틀리면졸라 2010.10.22. 11:11   답글
 조심하세요. 남한산성, 독산성, 만리장성 모두 문화재라 불법거래입니다.

◉ 24시간고객상담 2010.10.22. 11:11   답글
 고객님, 그런 성이라면 여기도 매물이 있어요. 수성, 금성, 화성, 목성, 토성....

 ㄴ ◉ 李芝山 2010.10.22. 11:11   답글
  여기 1억!

                 등록

🖼 🖼 🖼   0 / 300자

✎ 글쓰기   답글   최신목록 목록 ·윗글 ·아랫글

파도여
울지 말아라

"**여**보, 나 좀 일으켜 줘."

"조금만 참아요. 당신이 일어나서 무엇 하게? 몸도 추스르지도 못하면서….."

"뭐야!! 내가 병신이라고 무시하는 거야? 내가 삼십여 년 동안 가족 먹여 살리려고 얼마나 고생했는데 이제 병들고 쓸모없으니까 괄시하는 거야?"

"여보, 그게 무슨 말이야? 내가 당신 병수발 하느라 얼마나 힘든지 알기나 해요?"

짜증을 내는 남편에게 아내는 버럭 소리를 질렀다.

"여보! 나 반신불수란 말이야. 남들은 나보고 불쌍하다고 하는데 당신은 나를 구박하고 이해를 해 주지 않으니 도대체 내 부인이 맞아?"

남편의 목소리도 커졌다.

"그럼 나는 당신 때문에 친구들도 못 만나고 쉬지도 못하고 당신 때문에 고생하는데 고맙다는 말은 고사하고 짜증만 내고 욕하고 불만투성이잖아요."

남편과 부인은 옥신각신 서로의 입장만 내세웠다.

"딩동딩동!"
"누구세요?"
"어머니 아들 명철이에요."
"문 열렸어, 들어와."

아들이 들어오자 두 부부는 한 목소리로 소리쳤다.

"아빠 아프신데 수발은 안 들고 어딜 발발거리고 다니는 거야?"

화살이 애꿎은 아들에게 날아갔다.
냉랭하고 살벌한 방안 공기를 마시며 아들이 물었다.

"어머니! 무슨 일 있으세요?"
"네 애비한테 물어봐라. 왜 그러는가."

그들은 아들에게 자기 입장만 이야기하였다.

"어머니! 아버지한테 잘 해주세요. 아버지는 저희
가족을 위해서 낯선 외국에서 우리나라가 일등 해양
국가를 이루는데 일조를 하셨잖아요."

아들의 말에 엄마는,

"뭐야? 네놈도 아빠하고 한통속으로 내가 잘못했다
는 거야? 자식을 기껏 키워놨더니 공도 모르고 그래.
둘이 잘들 해봐라."

엄마는 울먹이며 밖으로 나가 버렸다.

남편은 항만건설회사의 최일선에서 일했다. 두바이 등 세계 각국에서 항만 재개발에 앞장섰다. 그런데 어느날 갑자기 신경 마비 증세로 인하여 몸져눕게 된 것이다.

제 방으로 돌아온 아들은 부모님들 사이를 어떻게 할 것인가 고민했다.

"이 상황을 어떻게 처리해야 하나? 곰곰이 생각해도 답은 나오지 않고 …."

답답한 마음에 밖으로 잠시 나가서 담뱃불을 붙이고 연기를 한 모금 마시는 찰나,

"아, 이거다!"

자기 입장으로 생각하는 부모의 잘못된 생각을 바로 잡아줘야 한다는 사명감에 담배를 비벼 끄고 방으로 들어와 무조건 아버지를 휠체어에 태워서 밖으로 나왔다.

"이놈아, 왜 그래?"

아버지는 깜짝 놀란 표정으로 물었다.

"아버지, 어머니의 말과 행동 그리고 함께 하는 일
상생활에 대해 어떻게 생각하세요?"
"사실 난 네 엄마를 무지무지 사랑한단다.
엄마가 내게 없었다면 난 이미 죽은 목숨인 걸. 때가
되면 먹여주고 대소변도 받아 주고 좋아하던 취미생
활도 나로 인해 끊었어. 그런데 그런데….
입에서는 감사하다는 말 대신에 욕이 나오고 짜증만
내게 돼."

아버지는 눈물을 흘리며 아들에게 이야기 했다.

"아버지 마음을 제가 왜 모르겠어요. 제가 할 수 있
는 말은 우선 생각을 바꿔보라는 말 밖에.
아버지가 혈압으로 쓰러지셨을 때 돌아가셨더라면,
식물인간이 되셨더라면….
어렵겠지만 아버지보다 못한 사람들을 생각해 보
세요.

옛날 영국에 제임스란 사람이 살았대요.

그는 교통사고로 다리 한쪽을 잃었어요.

병원에 있으면서 세상을 다 산 사람처럼 울고불고하다가 병원 밖에 몰래 나가서 술도 마시고 자기를 그렇게 만든 운전사를 원망하며 세상을 비관했대요.

어느 날 '로라' 라는 처녀가 병실로 찾아와 '즐거운 나의 집' 이라는 노래를 불렀어요.

모든 게 귀찮은 그는 병실에 있는 베개를 소녀에게 던지고 다시는 못 오도록 돌려보냈다는데 그날 저녁에 화장실에 다녀오다가 어느 병실에 멈춰 섰어요. 반쯤 열려 있는 문틈 사이로 소녀의 신음 소리가 들려와 힐끔 쳐다보니 그날 아침에 병실에 왔던 그 소녀였대요.

사실을 알아보니 그 소녀는 희귀병 환자로 언제 죽을 지 모르는 시한부 인생이었던 거예요.

병실에 들어온 제임스는 밤새 그 소녀를 생각했어요,

언제 죽을 지 모르는 그녀였지만 자기를 위해 노래를 불러주었던 그녀를요.

그 후로 그는 변하기 시작했고 그녀가 죽는 날까지 함께 병실과 어려운 곳을 다니며 행복한 노래를 전파했대요.

제 이야기가 어떻게 들리실지 모르겠지만 세상사 새옹지마塞翁之馬 생각하기 나름이에요."

이렇게 부자의 이야기가 계속되었다.

홧김에 밖에 나간 아내는 분을 가라앉히고 남편이 걱정되어 집으로 돌아오다가 우연히 부자의 대화를 엿듣고 눈물이 나서 도저히 더 들을 수 없어 방으로 돌아왔다.

안방에 들어가 방구석에 있는 낡은 앨범을 보았다. 남편이 카메룬 항만개발 종합 컨설팅에서 일하는 모습, 오만 항만 배후 개발 컨설팅 현장, 러시아, 중국등지에서 열심히 일하는 모습을 보며 하염없이 눈물을 삼켰다.

또한 연애시절 사진을 보니 감회가 새로웠다.

그래 우리 신랑은 해외 현장 이곳저곳 다니면서 우리를 위해 고생했는데 나는 그 은공도 모르고 원망만 했으니 ….

만약 내 신랑이 죽었거나 식물인간이 되었다면 누굴 의지하며 살겠어.

여보, 미안해요.

여보, 사랑해요.

그녀는 하염없이 눈물을 흘렸다.

"땡똥! 땡똥!"
"누구세요?"
"저희예요."
"응 알았어. 잠깐만."

그녀는 황급히 눈물을 닦고 문을 열고 들어오는 남편의 가슴에 안기며,

"여보, 미안해요, 그리고 사랑해요, 제가 너무 생각이 짧았어요.
당신의 희생이 아니었다면 제겐 아무 것도 없었을 거예요.
제가 당신에게 고마움을 느끼면서도 나도 모르게 그만 ….
당신의 늠름하고 자신감 있었던 예전을 생각하면 제가 안타깝고 너무 속이 상해서 그랬어요. 앞으로 잘 할 게요. 오래 사셔야 돼요."
"여보, 나도 미안해, 사실 나도 당신을 무지무지 사랑해.

그런데 내 몰골을 생각하면 너무 슬프고 내 모습만 보면 짜증나고 당신을 고생시키는 것 때문에 너무 화가 나.

당신이 내게 없었다면 난 이미 죽은 목숨인 걸.

때가 되면 먹여 주고 대소변도 받아 주고 당신은 좋아하던 취미생활도 나로 인해 끊었잖아.

그런데 입에서는 감사하다는 말 대신에 욕이 나오고 짜증만 나."

아버지와 어머니는 한참 동안 부둥켜안고 눈물을 흘렸다.

"여보, 우리 오래오래 행복하게 살아요. 좌절하지 말고 함께 해요."

두 부부는 서로 볼을 비벼대며 서로 마주보며 씨익 웃었다.

"얼레리 꼴레리! 엄마 아빠가 뽀뽀했대요."

"인석아, 어른 놀리면 못 쓴다."

"아버지 전 예전부터 아버지가 너무 자랑스러웠어

요. 저도 졸업하면 아빠와 같은 길을 갈래요.
　1등 해양 국가 코리아를 위하여 출발!
　미래의 영웅을 위해 출발!'

　세 사람은 마주보며 누가 먼저랄 것도 없이 노래를
불렀다.

　"즐거운 곳에서는 날 오라 하여도
　내 쉴 곳은 집 내 집뿐이네…."

아, 옛날이여!

-2030년 명절 풍속도-

"**박** 서방! 빨리 시장 좀 다녀와야지"

"빨리 다녀와서 송편도 만들고 추석 음식을 장만 해야 아닌가."

"예, 장모님! 알겠습니다."

장모님은 못마땅한 듯 혀를 차며 민수의 뒤통수에 대고 중얼거린다.

"게을러 빠져서 꾸물거리기는…."

장모의 이런 행동이 내심 못마땅했지만 싫다는 내색
도 못하고 부지런히 시장에 갈 채비를 하였다.
　시장에 다녀온 민수는 아랫동서와 함께 송편도 빚고
전도 부치고 음식 장만을 하느라 정신이 없었다.
　집사람은 안방에서 장모와 처제하고 술 한 잔을 걸
치면서 웃고 떠들었다.

　'쳇! 바쁜데 좀 도와주지.'

　혼자 중얼거리며 일을 하다 보니 갈증이 나서 은근
슬쩍 여자들 옆에 다가가서 술 한 잔을 얻어먹으려 했
지만 '여자들끼리 있는데 남자가 감히 끼어드느냐'는
아내의 꾸지람만 듣고 서러움에 거실로 나와 하던 일
을 다시 시작했다.
　그런 형부가 안 돼 보였는지 처제가 소주 한 잔에 두
부 한 점을 건넸다.
　처제에게 감사하며 술잔을 마시려고 하는데 집사람
이 뚝배기 깨지는 소리를 지르면서 뛰어나와 술잔을
빼앗아 버렸다.

　"여보, 지금 뭐하는 거야."

"빨리 차례 준비를 해야지 꿈지럭거리며 하고 싶은 것 다하고 언제 하려고….."

"이렇게 하다간 2박 3일 걸리겠네."

"그리고 당신! 위장도 나쁘잖아!!"

"쯧쯧, 아직도 철이 덜 들었으니 한심하다."

서운한 마음에 민수는 모르는 새 눈물이 핑 돌았다. 그런 부인이 너무나 야속했다.

'예전에 우리 조상님들 시대에는 남자들이 왕이었다던데…'

요즘은 남자가 여자보다 많은 세상이다 보니 장가를 못 가는 남자들이 부지기수라 자기는 장가를 간 것만 도 억세게 운이 좋았다고 생각했었는데….

민수는 대부분 남자들처럼 처가살이를 하며 먼저 처 갓집에 차례를 지내고 난 후 자기 집에 가서 차례를 지 내야 하고 처갓집 제사는 꼬박꼬박 챙기는 건 물론이 고 음식 장만도 손수해야 했다.

그뿐인가!

귀머거리 3년, 벙어리 3년, 장님 3년의 처가살이를 하며 어떤 일을 하던 처갓집 일을 우선적으로 해야 하고….

민수는 한참 동안 눈에 흐르던 눈물을 훔치고 생각했다.

'그래도 난 다른 남자들보다 형편이 낫지 않은가!

같이 일할 동서가 한 명이라도 있으니 난 참으로 행복한 남자야.'

'여보, 고마워요!

음식장만을 마친 후 동서와 밖에 나온 그는 담배를 막 피워 물려고 하는데 부인의 목소리가 흘러 나왔다.

"여보, 지금 뭐하고 있는 거야?"

"술 다 떨어졌단 말이야. 술상 좀 다시 좀 봐 줘."

민수는 피우던 담배를 황급히 끄고 뛰어가면서 대답했다.

"여보! 지금 가요."

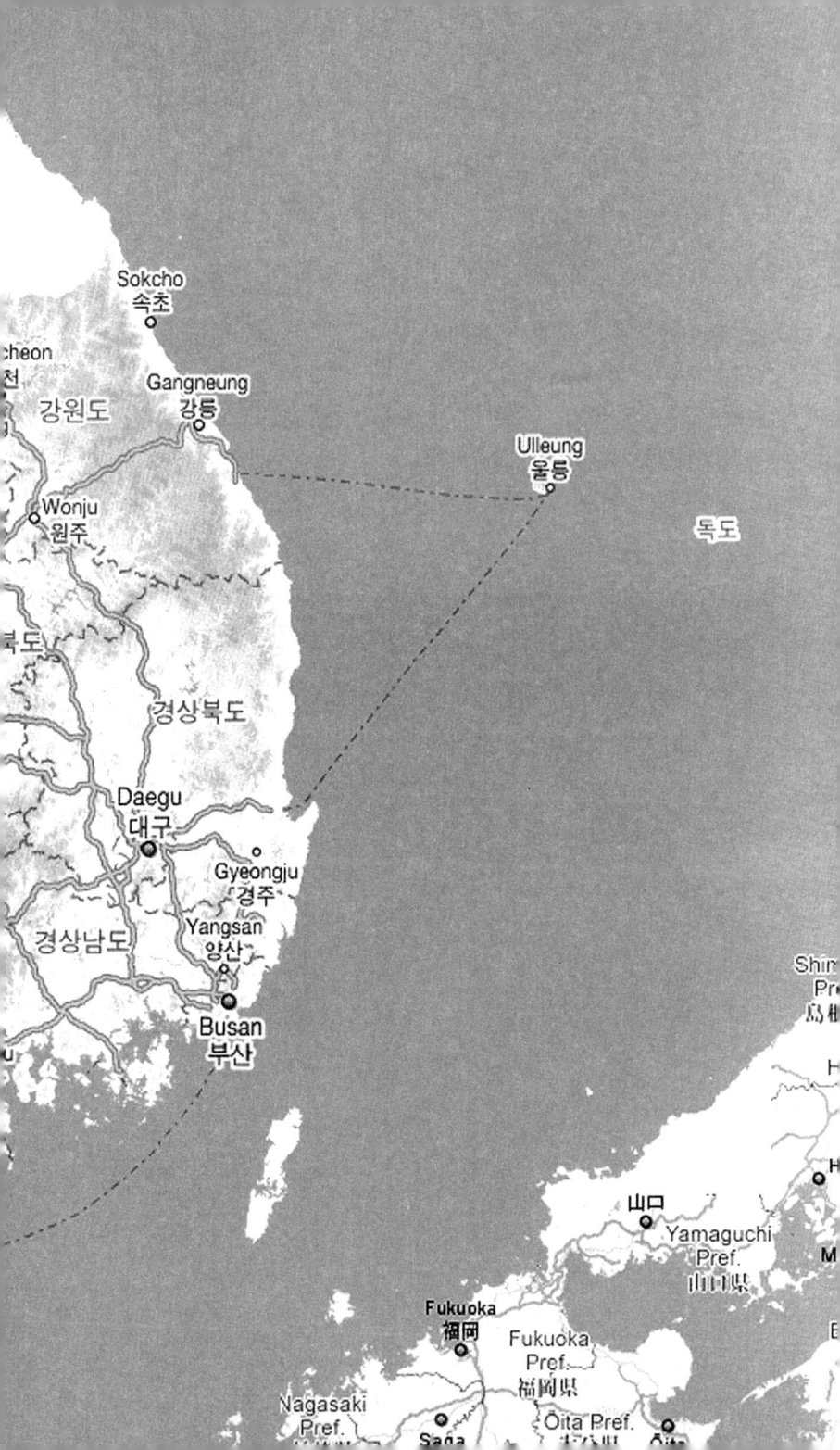